龍に恋う 六
贄の乙女の幸福な身の上

道草家守

富士見L文庫

目次

龍に恋う——人物紹介

上古 珠（珠貴）【かみこ たま（たまき）】
数えで16歳になる小柄な少女。銀市に助けられて雇用される。神に捧げる贄の子として育てられた過去がある。

古瀬銀市【ふるせ ぎんいち】
外見は20代後半の青年。妖怪の職業斡旋もする口入れ屋銀古（ぎんこ）を営む。正体は人の母と龍の父の間に生まれた半妖。

御堂智弘【みどう ともひろ】
眼鏡をした軍人。特異事案対策部隊という怪異妖怪の対処専門の部隊を率いている。

瑠璃子【るりこ】
ボブカットの美女。正体は三毛の猫又。銀古の従業員でありカフェーでも働くモダンガール。

貴姫【きひめ】
珠が持つ牡丹の櫛に宿った精。かつて村の大蛇を倒し、珠を解放した。

灯佳【とうか】
服から髪まで白一色の少年。正体は狐の総本山の管理を任された白毛の妖狐。

狂骨【きょうこつ】
銀古の井戸に住まう女の妖怪。生前は吉原で人気の遊女朧太夫（おぼろだゆう）だった。

銀古の面々
川獺（かわうそ）の翁（おきな）、天井下り（てんじょうさが）、瓶長（かめおさ）、家鳴り（やな）、火鉢の精、ヒザマ、付喪神など。

アダム＝メフィストフェレス・フリードマン
金髪紫眼をした異国の大学教授。民俗学の専門家を名乗るが、その正体は……。

序章　哀切乙女のできること

体の芯まで冷たくなるような冬の日。あなたに手をさしのべられた。

握った手が温かかったと気づいたのは、別れてから。

寂しいせいだとわかったのも、別れてから。

——だから、自分は。

*

初秋の優しい日差しが落ちる縁側で、珠(たま)は探し人を見つけた。

少し癖のある黒髪を首筋で括(くく)った青年、銀市(ぎんいち)だ。

淡茶色の夏紬(なつつむぎ)をさらりと纏(まと)って正座をする姿は、実に様になる。

瞬きの間見とれた。

当初の目的を思い出した珠は声をかけようとして、彼の前にある花に気がつく。

陶製の花器に活(い)けられた菊だ。葉も瑞々(みずみず)しく、白、黄色、赤紫の花弁が秋の風にそよいでいる。

傍らに使わなかった花が残っているから、銀市が活けたのは明白だ。

珠が意外な気持ちで立ち尽くしていると、彼がこちらに気がついた。

「ちょうど良かった。珠、どうだ？」

見せる向きがあるのだろう。

わざわざ花瓶を回し活けた花を示された珠は、困ってしまった。

「その、私に善し悪しはわからないのですが……」

「君の感性で良いのだよ。目で見て心地よかったり美しいと感じたりすれば充分だと、俺も昔教わった」

「でしたら……菊がきれいだと思いました」

可憐でありながらぱっと華やかな菊は、まろみのある花器によく映えて見える。

珠がおずおずと答えると、銀市はふむと一つ頷く。

どうやら納得したらしい。

花器の位置を調整し、そのまま縁側の日陰に置く彼に珠は話しかけた。

「銀市さんは、花も活けられるのですね」

普段の銀市は質素ともいえるほど堅実な暮らしぶりをしている。だからそのようなたしなみがあったとはと意外に感じた。

すると、彼は目を細めた。

どこか遠くの記憶を懐かしむまなざしだと思った。

「恩人の命日でな。この時期だけ、花を手向けることにしているんだ」

さあ、と秋風が吹く。銀市の髪が揺れる。

彼の物寂しげな表情から、珠は目が離せない。

胸が苦しくなった気がして、無意識に自分の衿元を握る。

一瞬言葉をなくした珠だったが、我に返って言葉を理解するとさあと青ざめた。

「ごめんなさい、ぶしつけなことを聞いてしまって」

「いいや、俺が珍しいことをしていれば気になるのは当然さ」

穏やかに語る銀市が少なくとも怒ってはいないとわかり、珠は肩の力を抜いた。

「ところで君は？」

「そうでした、お萩を作ったのです。召し上がるかお尋ねしたくて……」

そこまで言ったところで、珠は菊の花を見て思いつく。

「もしよろしければ、お花と一緒に供えられますか」

銀市はひとつ、ふたつと瞬いたあと、嬉しそうに顔をほころばせた。

「ぜひ頼む。せっかくだ、酒も用意してくれないか。盃は二つで」

珠は花を手向けた相手の分だと、すぐにわかった。

「はい、支度してきますが……お酒、ですか」

お茶ではないのだろうか。

珠が面食らっていると、銀市はなんでもないことのように言う。

「甘味も案外合うものだよ。珠も茶で付き合ってはくれないか。……休憩していないのだろう？」

銀市に見透かされて、珠は決まり悪くなりながらも、ほんのりと嬉しくなってしまう。

彼の大切な場に交ぜて貰えたような気持ちになったからだ。

珠が準備して縁側に戻ると、銀市はさっそく銚子を手に取る。

慣れた仕草で酒を注いだ猪口を、珠に向けて掲げてみせた。

「献杯だ」

銀市の茶目っ気に、珠は照れながらも茶を満たした湯飲みを同じように掲げた。

うつわを合わせる軽く澄んだ音が、あたりに響く。

お茶を傾けながら、珠はそっと銀市を盗み見た。

そして、傍らに並べられたお萩と酒の注がれた猪口がある。

片膝を立ててくつろいだ彼の視線の先には、活けられた菊。

見つめるまなざしは切なさと、悲しみを感じさせた。

まるで、たった一人目的地の見えない道をさまよっているような。

珠はまさかと思ってすぐその考えを打ち消した。
もう一度銀市を見ると、彼はお萩を黒文字で切り分け口に運ぶところだった。
ゆっくり味わうように咀嚼して、目元を和ませる。
「うまいな、君は菓子作りもできるのか」
ああ、口に合ったのだと嬉しくなって、珠は自然と微笑む。
温かで、穏やかな日常。
この時間がずっと続いてほしい。
けれど、風が吹いたとき、珠は違和感を憶える。
彼から香るはずの紫煙の匂いがしない。
菊からほんのり漂ってきた甘い香りも。
気づいてしまった珠の心に、寂寥が広がっていく。
この光景は、今は失ったものだからだ。
その、理由は――……

＊

珠はゆっくりと目を覚ました。

身を起こすと、長い黒髪が肩口からさらりと滑り落ちる。

夜が明ける前の薄明かりの中、カーテンの隙間から凍えそうな冷気が忍び込んでいる。

目尻からこぼれた名残の涙が、すうと頬を伝い、熱を失って乾く。

まだ、夢の余韻が体に残っている。

かつての穏やかな記憶は、胸が締め付けられるほど優しかった。

珠は目を閉じ一つ、二つと数えることで心を落ち着かせ、淡々と布団をたたむ。

寝間着から普段の着物に着替え、鏡台の前で黒い髪を梳(す)きはじめた。

鏡に映る自分は、昔のように青白い。

眠りが浅いのだから仕方がないと諦めて、珠は心配そうに見上げる貴姫(きひめ)を安心させるために微笑んだ。

「おはようございます」

『うむ、おはよう』

いつものように髪を緩く三つ編みにした珠は、自室から出ると階段を下りて行った。

珠が起きたことで、黒い卵に糸のような手足が生えた家鳴(やな)り達が、がらがらと雨戸を開けていく。

以前は真っ先に台所へ行ったが、今の珠は一階の奥にある書斎に向かう。

戸を叩(たた)いて、反応がないことに小さな落胆を覚えながらも、戸を開いた。

壁一面の本棚と、様々な道具や異国の置物が並んだ部屋だ。

しかし部屋の主が居た頃よりも、室内は整然と片付いている。

彼がいなくなったあと、はじめて入ったときには、すでにこの状態だった。

戸を開いた拍子に空気が動いたが、室内に染みついていた紫煙の香りは薄い。

開くごとに薄れていく銀市の気配に、珠は胸が締め付けられるような痛みを覚えた。

鮮明で優しい夢の余韻が残っているから、なおさら。

珠はこみ上げた気持ちをやり過ごしたあと、虚空に投げかける。

「おはようございます。銀市さん」

御霊鎮めの祭りから、そして銀市が封じられてから半月以上が経過していた。

家鳴り達が鴨居や長押を走る音には、未だ活力がない。

暗がりに凝る影のような魍魎達もどこか沈んでいる。

陶火鉢は珠のあとをついて回るし、天井下りも気がつくと珠が作業をしている部屋の隅にぶら下がっていた。

これでも初めの頃よりはずいぶんましになったと、珠は思う。

息を潜めるような空気でも、表面上は穏やかに過ぎている。

珠が朝食をちゃぶ台に準備した頃に、軽やかな足取りで瑠璃子が現れた。

髪を肩にかからないくらいで切りそろえ、瑠璃色のつり上がった目が印象的な美女だ。しなやかな肢体にハイカラな西洋のガウンと上着を纏った彼女は、あくびをしつつちゃぶ台の前に座る。

その隣に、ごとんと音を立てて居座ったのは藍染めの陶火鉢だ。

悠々と火鉢に当たる瑠璃子は、皿に載る半月形の黄色いものに気づいた。

「おはよ、あら今日はオムレツなの？」

「はい、澄さんのところで教えていただいて……。そろそろ瑠璃子さん、洋食が恋しくなるんじゃないかと思ったんです」

「あんたはほんとにできた女中ね。ありがたくいただくわ」

呆れた口調を装いながらも、瑠璃子の頭頂部には三毛猫の耳が飛び出ていた。

喜んでいることがわかり、珠は嬉しくなりつつ彼女の前に座る。

今日の献立は、黄色くふんわりと焼かれたオムレツをはじめ、炒めた大根の葉と豆腐の味噌汁、ぬか漬けに白米だ。

ちゃぶ台には他にも、伏せられたまま並べられた銀市用の茶碗と汁椀がある。

だが、瑠璃子も珠もそこには触れなかった。

この二週間で慣れた二人きりでの食事の挨拶をして箸を手に取る。

「んー！ ふわとろのオムレツじゃない！ ホテルで食べるのと遜色ないわ！」

おいしそうに食べてくれる瑠璃子に、珠は頰が緩む。

珠も味噌汁を一口飲んだ。大根の葉をあらかじめ炒めたお陰でコクがある。

オムレツに合うだろうと思ったが、狙い通りだった。

しばし朝食を味わっていると、瑠璃子が部屋を見回した。

「もうすっかり、正月支度ができたわね」

珠は胸につきんと針を刺すような痛みを覚える。

一瞬だけ箸が止まったが、珠は頷いた。

「はい、そうですね。昨日です す払いは終わりました。門松は飾りましたし、しめ飾りも不備はありません。お蕎麦も予約してあります」

「今日は倉で正月用の食器を探すんだっけ？　それはあたくしも一緒に行くわ。あんた一人だと、しまってある余計なものに好かれそうだから」

「はい。よろしくお願いします」

瑠璃子の申し出を珠はありがたく受け入れる。

銀古の倉には妖怪由来の品物も一緒に保管されている。人に非ざる者に目をつけられやすい珠が作業するのなら、見守り役が居たほうが安全だ。

他にもおせち料理に使う材料は、日持ちのする物は買いそろえてある。

珠と瑠璃子と、銀市の分だ。食べられずとも縁起物として銀古の妖怪達の分も用意したいと、材料は多めに見積もった。

「来週は古峯坊様が餅つきの手伝いを送ってくださるとおっしゃっていました。もち米の準備と、手伝いの皆さんへのお礼を忘れないようにします」

「ああ、天狗の。あいつらもずいぶんまめね。銀市さんが居ない間にちょっかいを出そうとしたやつら、みんな追っ払ってくれたし。銀市さんになにか借りでもあるのかしら」

瑠璃子の言う通り、銀市が不在の銀古はさほど平和ではなかった。

銀古の業務については、瑠璃子と狂骨が協力してくれたお陰でなんとか回せた。

ただ、銀市に恨みを持つ妖怪が報復に何度か現れたのだ。

そのたびに、代わる代わる茶を飲みに来てくれていた古峯坊の配下達が退けてくれて事なきを得た。

珠はそこでようやく、天狗の頭領である古峯坊が警護のために配下をよこしてくれているのだと気づいたのだ。

「古峯坊様はあらかじめ銀市さんに頼まれていたから、とおっしゃってましたね」

「そうね、銀古の業務も私達で回せる規模にまで整理していったみたいだし。ほんと銀市さん！　って感じ」

ふてくされる瑠璃子は、銀市がいなくなった初日よりは断然落ち着いてはいても、まだ銀市に対して怒りを燻らせているようだ。

彼女の強さを見るようで、珠はすごいな、と思う。

珠はまだそのように感情を表せるほど、銀市に対する気持ちを整理できていない。

もやもやとした感情をもてあまし、壁に掛けてある暦を見上げる。

そこには、珠が書き出した正月準備の一覧も貼ってある。

終わった準備には線を引いてあり、今は線が引かれた準備のほうが多い。過ぎた日には一つずつ朱を入れて、年明けまでに何日残っているかわかるようにした。

約束の大晦日まで、あと一週間と少しだ。

暗い気持ちを反射的に押し込めかけて、珠ははっとする。

瑠璃子の瞳にじっと見つめられていた。

『その感情は、あんたが感じた、あんたにとっては意味のあるものなの』

以前瑠璃子に言われた。

この不安も珠にとっては意味のあることだ。

だから珠は、押し込めることはせず、そのまま口にした。

「銀市さんは、どう、なのでしょうか」

「あの陰険狐は本当に性格が悪いけど、さすがに銀市さんについてはぞんざいにはしないでしょう。銀市さんの噂も落ち着いてきたから、そろそろなにか続報があるかもね」

瑠璃子の言葉は気休めとわかっていても、珠はほんの少し楽になる。

掛け軸に封じられた銀市について、灯佳からの続報はない。

銀市がこれ以上噂の影響を受けないよう、掛け軸の中で休んでいる状態なのだと説明を受けている。

便りがないということは、良い便りだと信じるほうが良いのだろう。

珠が思い直したところで、縁側の硝子戸が叩かれる。

見ると緋色の襦袢をしどけなく纏った婀娜っぽい美女がいた。

立ち上がった珠が硝子戸を開くと狂骨はひらりと手を振る。

普段は井戸にいる彼女だが、最近は銀古の細々としたことを手伝ってくれていた。

『おはよ、珠ちゃん。ねえこれ、倉で見つけたんだけど、正月に花を活けるのに良いんじゃない？』

言いつつ縁側に上がった狂骨は、片手に抱えていた木箱を開けて中のものを取り出す。

冷気が入らないよう硝子戸を閉め直した珠は、狂骨が抱える陶製の花器を見てあっとなる。

昨夜の夢で思い出した記憶が鮮やかに蘇った。

「それは、銀市さんが使っていた花器です」

『そうなのかい？　ヌシ様も趣味が良いねえ』

狂骨は珠が銀市の名を出してもごく自然な反応で、しみじみと花器を眺める。

かつて吉原(よしわら)の花魁(おいらん)だった狂骨は骨董(こっとう)にも造詣があるのだろう。

意外そうな顔をする瑠璃子とは対照的である。

「銀市さんが花を？　その割には庭にあまり気を使ってなかったけど」

「ええ、毎年秋には花を手向けるのだとおっしゃっていました」

そこまで話した珠は、銀市がなんと言ったかも思い出していた。

『恩人の命日でな。この時期だけ、花を手向けることにしているんだ』

今思えば、あれは数少ない彼自身から聞いた過去の話だったかもしれない。

あのときは銀市との時間が心地よくてなにも聞けなかったが……。

「お二人は、銀市さんのもう亡くなられた恩人に、心当たりはございますか」

狂骨と瑠璃子に注目されながらも、珠は初秋にかつてした銀市とのやりとりを話した。

すると瑠璃子は思案顔になる。

「恩人ねえ、あたくしが知り合ったのは銀市さんが部隊を作る直前の頃なのよ。少なくともあたくしが知っている間に、秋に亡くなった人は居なかったわ」

「そう、ですか」

期待してはいなかったが、珠はそれでも落胆する。

銀市が活けた菊を眺めるまなざしは、寂しげだった。

そうさせた人について、知りたかったのだが。

しかし突然、天井から珠の前にべろんとなにかが落ちてくる。

毛むくじゃらの体に、子供のような顔がある妖怪、天井下りだった。

『それ、鳥山石燕。ヌシ様と一緒に、僕達をとどめてくれた』

いきなり現れた天井下りに驚きながらも、珠はつぶらな瞳を見返した。

珠の傍らに居る狂骨も、思い出した顔になる。

『ああ、そうだね。石燕が描いてくれたから、今のあたし達が居られるのさ』

「鳥山石燕さんとは、どのような方でしょう？」

どこかで聞いたことがある気がするが、うまく思い出せない。

一旦花器を床に置いた狂骨は話してくれた。

『鳥山石燕というのは、江戸時代に活躍した浮世絵師だよ。本名は佐野豊房で、天明八年に亡くなっていたかな……今の暦に直すと、なんだっけ瑠璃子』

「ちょっと待ちなさい、一七八八年かしら？　って、あたくしが生まれる前じゃない！　そんなに前の銀市さんの知り合いなら、あたくしが知るわけないわ」

『そうよ、あんたが拾われたのは明治になるかならないかってところでしょ。でもね、特に古い妖怪だったら、知らない者が居ないくらいの人間なのよ』

瑠璃子が納得したように頷く隣で、狂骨も懐かしげに話を続ける。

『石燕が生きていた時代は太平の世でね、人間達は様々な娯楽を謳歌していて、妖怪を怖がらなくなっていたのさ。それどころかあたし達のようなモノがいるとも思わないようになった』

妖怪達にとってどれだけ厳しいことか、珠は理解できて息を呑む。

脳裏を過るのは、かつて女学校での捕り物のとき、銀市が話してくれたことだ。

〝百々目鬼は、権能を使わずにいると消滅する。人が水を飲まず、物を食べず、眠らなければ死ぬのと同じようにだ〟

そのときに出会った百々目鬼だけではない。銀古に居る家鳴りは人に認識されることで存在している。

他にも、子供達の噂で姿が変質してしまった座敷童も知っている。

妖怪の中には、権能を使わずにいると消滅する者が居る。

つまり、人に関わることで存在していた妖怪には死活問題だったのではないか。

「存在を認められなければ消えてしまう妖怪さんは、どうなってしまったのですか」

『珠ちゃんが思っている通りだよ。天井下りみたいな弱い妖怪は今にも消えていきそうになっていたのさ。それを憂いたヌシ様が、旧知であり人の間でも人気絵師だった鳥山石燕に頼んで、妖怪の絵姿を大量に描いてもらって、出版したんだ』

そこまで聞いて、珠は冴子の笑顔を思い出した。

見えない人だが妖怪が大好きな彼女に、聞かせてもらったことがあったのだ。

「もしかして『画図百鬼夜行』のことですか。たくさんの妖怪が描かれた画集で、広く知られた結果、その後の絵師も画集を参考にして妖怪を描くようになった、という」

『おお、珠ちゃんよく知ってるね。それを描いたのが鳥山石燕さ。石燕が描いて広めた姿と性質のお陰で、あたしは「狂骨」で居られるのさ』

狂骨が静かに胸に手を当てて語るのに、珠は息を呑む。

彼女は花魁道中を仕立てて恨んだ相手を迎えに行き、不誠実な吉原の男達を恐怖に陥れた怨霊だった。だが、銀市に「狂骨」という名を与えられた結果、今の姿で過ごせるようになったのだ。

珠の脳裏に、ふっと金髪の青年が思い浮かんだ。

〝人の『そうである』『そうに違いない』という思い込みや考えは、人に非ざる者を容易に変質させる力があります〟

まだ珠がなにも知らなかったとき、部隊の駐屯所に学者として訪れていたアダムが、そのように話してくれた。

こういう意味だったのか、と腑に落ちる。

けれど同時に珠の心には形容しがたい苦い気持ちが広がった。

銀市を追い詰め、町を火の海にしかけたアダム＝メフィストフェレス・フリードマンは、未だに行方不明だ。

御堂率いる特異事案対策部隊が行方を捜しているが、足取りが摑めないのだという。

珠は、アダムが恐ろしい事件を起こし、銀市を追い詰めたことは理解している。

仲良くしていた巫女の伊吹が、舞台に立てなくなった遠因もアダムにあると聞いた。

珠自身も、銀市とアダムが対峙した場に居合わせた。

アダムは悪人、なのだ。

なのに、気持ちは宙ぶらりんで定まらず、どう受け止めるべきかわからなかった。

瑠璃子のような激しい感情も、御堂のような冷徹な姿勢も、珠にはしっくりこない。

自分の心がよくわからず、途方に暮れていた。

考え込みかけた珠だったが、話の途中だったと思い直した。

今は、最も気になることを聞いてみよう。

「狂骨さんや天井下りさんは、鳥山石燕さんの絵姿で人々に知られたお陰で、私と話せるということですか」

『うん！　石燕、魂写すの、とっても上手だった』

天井下りはそう言いつつ嬉しそうに体を揺らした。

普段あまり話をしない天井下りが、親しみを込めて語る。

それだけで、鳥山石燕という人物がいかに妖怪達に親しまれていたかがわかる。

「石燕さんは、妖怪が見える方だったんですね」

『そうらしいね。あたしがヌシ様に会ったのは石燕が死んだあとだから、本人を知っているわけじゃないけどさ。ヌシ様とはとても仲が良かったことだけは知っているよ』

あの日の記憶に心が立ち戻っていた珠の耳に、銀市の唇からこぼれた言葉がくっきりと蘇った。

〝……豊房には、最後まで、助けられるな〟

声に含まれていたのは、慕わしさと、申し訳なさと、安心感、だと思う。

たったそれだけで、相手との間にある大きな信頼が珠にも感じられた。

あの言葉の相手は、鳥山石燕だったのだ。

「銀市さんは鳥山石燕さんと、どんな風に過ごされたのでしょうね」

珠が呟くと、狂骨と今まで静かに聞いていた瑠璃子が軽く驚いたように顔を見合わせる。

二人の反応に気づいた珠は、悪いことだったろうかと不安になる。

「知りたいと思うのは、はしたなかったでしょうか」

「違うわよ。あんたが自分から知りたいと言い出したのが意外だっただけ。どうしてそう思ったの？」

瑠璃子に聞かれた珠は、確かにその通りだと思った。

それこそ今朝夢で思い出した秋のひとときでは、気になっても銀市自身に尋ねることはしなかった。

けれど、そうして漫然と幸せを甘受していたうちに、銀市は居なくなった。

息が詰まるような後悔の気持ちをやり過ごし、珠は答えた。

「私の知る銀市さんは、妖怪達のまとめ役で人と妖怪との間を取り持たれる姿だけです。けれどそれだけでは、あの言葉がどうしても結びつきません。だから、あの言葉はきっと私の知らない銀市さんの過去が関わって来るのだと思いました」

瑠璃子と狂骨が息を吞む中、珠は最近ずっと考え続けている言葉を思い浮かべる。

〝今の俺は、怖いだろう？〟

そう尋ねてきた銀市は、今まで見たことがないほど悲しげで、金の瞳に暗い諦めを宿していた。

何度考えても銀市の真意はわからず、問いの答えも出すことができない。

珠の胸にある凝り（こご）も晴らせない。

「銀市さんがなぜああいった行動に至ったのか。それを知れば、私も答えに近づけそうな気がするのです」

そこまで言った珠は、少し罪悪感を憶（おぼ）えて眉尻を下げた。

「でも、本当は、銀市さんから直接お聞きしたかったと思います」

きっと、この問題は銀市の最も柔らかい部分に関わってくる。

話してくれなかった理由もあるのだろう。

過去を問いただすのは、彼をぶしつけに暴くような行為だ。

それでも、答えを出すために、知らなければならない。

今まで珠は人に深く関わってこなかった。以前銀市に指摘された通り、周囲に興味がなかったからだ。

ただ誰かの望みを叶（かな）える器だったから。

つまり他者は限りなく透明な存在だった。

銀市はそんな珠を一人の人間として尊重し、労（いたわ）って、優しくしてくれた。

意思をくれて、考える力を与えてくれた。

珠の未熟で幼い心に踏み込んで、寄り添ってくれたのだ。

本来なら、一番の恩人である銀市に拒絶されたのであれば、引き下がるべきだ。けれど、銀市が育ててくれた心が否という。

自分から、足を踏み出すのは、恐ろしい。

それでも、銀市の心に近づきたい。彼が悲しんだ理由を知りたい。

待つことしかできないのは苦しく、自分の無力さに打ちのめされるけれど。気持ちは消えることはなかった。

悲しい顔を見せたくなくて気丈に微笑（ほほえ）んだ珠は、切なげに目を細めた狂骨にぎゅっと抱きしめられた。

温度が感じられずとも、温かな感触に包まれる。

愛おしむように頭を撫でられ、労られて、珠はその心地よい感触に狼狽えた。

『本当に、珠ちゃんは成長したねえ』

「いいのよ、銀市さんが文句を言ったら、あたくしが言い返してやるから。『素直に言わない銀市さんが悪い！』ってね」

瑠璃子まで加勢してくれて、珠はその心強さに自然と笑顔になる。

彼女達がいるから、珠はこうして前を向いて考えられるのだ。

そのとき、珠はふっと冷気に似たものを感じる。

同時に狂骨と瑠璃子が顔を引き締めて見たのは庭のほうだ。

素早く動いた瑠璃子が硝子戸を開ける。

庭にはいつの間にか、黄金色の毛並みをした狐が超然と座っていた。

瞳を瑠璃色に変えた瑠璃子は、低い声で呼びかける。

「灯佳のところの神使じゃない。こんなぶしつけな訪問をしてどういうつもり」

珠達の注目を浴びても動じない狐は、尻尾を揺らすと口を開いた。

『灯佳様より言づてを預かってまいりました。銀古の娘』

一瞬誰のことかわからなかったが、珠は狐の顔がこちらに向いていることで自分が呼ばれたのだと気づく。

「はっはい！」

反射的に背筋を伸ばして答える。

が、遣いの狐は、珠の様子にはなんら感慨はないようで、淡々と告げた。

『灯佳様がお呼びだ。至急社に来るように、と』

どきり、と珠の胸が跳ねる。

灯佳が呼ぶ理由は一つしかない。

銀市のことだ。

*

朝食の片付けを家鳴り達に任せ、身支度を整えた珠は、遣いの狐についていった。

付き添いには貴姫と瑠璃子が来てくれている。

遣いの狐の案内でたどり着いたのは、近所にある小さな稲荷の社だった。

そういえば、銀市に灯佳を頼るときは稲荷の社へ行けと言われたことを思い出した。

狐は社に向かってコン、と鳴く。

とたん、珠はめまいのような感覚を覚えた。

視界がぐるんとまわり、自分が立っているのかすら曖昧になる。

たまらず目をつぶった珠は、空気が変わったことを感じた。

「珠、王子の社に着いたわ。歩けそう？」

瑠璃子に言われて、珠がそっと目を開くと、美しい屋敷の前だった。

朱色の鳥居が連なる間には、椿や山茶花、桜や梅、蠟梅、石蕗、水仙まで冬を代表する花々が咲き乱れている。

冬の花という共通点があるとはいえ、本来なら開花時期が違うはずの花が揃って咲く様は、美しさよりも異質さを感じさせた。

珠ははじめて来た場でも、ここが東国三十三国の狐達をとりまとめる王子の社なのだと理解した。

さらに全身に張り詰めたものを感じる。あえて形容するならば、冬の最も寒い日のキンと澄み切った空気と、押しつぶされそうな圧迫感だ。

珠はこの感覚をよく知っている。

珠が圧倒されて立ち尽くしていると、小さな手が頬に当たる。

『大丈夫か、珠や。この空気はそなたが閉じ込められた社に似ておる』

肩に現れたのは、牡丹の打ち掛けを纏った小さな貴姫だった。

片側が短い髪を揺らして珠をのぞき込んでいる。

その表情は不安げだった。

心配してくれていると気づいた珠は、安心させるために表情を和らげた。

息苦しくなりかけたけれど、珠は銀市について聞くために、この場に来たのだ。怯んでいる場合ではない。

「大丈夫です」

「灯佳様が呼ばれていますから、行きましょう」

覚悟を決めた珠の前に、どこからともなく現れたのは狐だった。

ただ遣いの狐と違うのは、人と同じように衣を着て、二足で立っていることだ。

珠が驚く間もなく彼らに案内されたのは、屋敷の奥にある一室だった。

狐のひとりがコン、と鳴くと室内から「入れ」と許可の声が響く。

控えていた狐が引き戸を開けたとたん、珠はどこかで嗅いだことのある香りがした気がした。

内部は広々とした板の間だった。

壁に窓はなかったが、行灯がいくつも灯されていて室内は薄明るい。

中央には三方を白い布の帳に囲まれた御帳台があり、珠が見ている一辺は出入りのためか御簾が掛けられている。

その御簾の前に、少年が座布団に片膝を立てて座っていた。

白く真っ直ぐな髪を肩で切りそろえ、身につけている小袖と袴に至るまで白一色だ。

なにより彼は、見る者に息を呑ませるほどの美しい容貌をしている。

王子の社のまとめ役であり、珠を呼び出した灯佳だった。

本来は白毛九尾の妖狐だという彼は、青年の姿を取ることもあると珠は知っている。

今はこの少年の姿を好んでいるらしい。

灯佳は入ってきた珠達に気づくと座り直す。動いた拍子に彼の足首に付いた鈴がりん、と鳴った。

彼の顔を見た珠は、瞬きをする。

いつもなら少年の愛らしさの中に老獪さが覗く彼だったが、切れ長のまなざしに疲れがにじんでいるように見えたのだ。

「ようきた。まずは座れ」

灯佳が示した場所には、すでに人数分の座布団が用意されている。

その一つに座った珠は、逸る気持ちを抑えながらも灯佳に挨拶をした。

「灯佳様、ご無沙汰しております。銀市さんに、なにかあったのでしょうか」

そのとき、ふっと水の気配が通り過ぎたような気がした。

水面に波紋が広がるように過ぎていったそれに、珠は思わず顔を上げる。

水の気配は眼前にある御簾の向こうからだった。

珠の前に座る灯佳もまた、御簾を振り返っている。

「やはり、か」

灯佳は納得とも諦めとも取れる呟きをこぼした。

瑠璃子が険しい顔で詰問した。

「珠まで呼び出して、経過報告にしては仰々しすぎるわ。もったいぶらず教えなさいよ」

「そうだな、見たほうが早かろうて」

灯佳が柏手を一つ打つと、するすると御簾がまくれ上がる。

それで、内部の全貌が見えた。

御簾の内側には細いしめ縄が幾重にも張り巡らされていた。

その中央に掛け軸が吊されている。

珠が特別房で一度だけ見た、銀市の掛け軸だ。表装は灰がかった濃い青色に籠目紋が織りだされた生地で仕立てられている。

本紙は見事な着色で銀の鱗の一枚、背を走るたてがみの一筋まで再現された、龍の絵だ。優美な体軀をくねらせる様は天へと駆け上がるようで、瑞々しい躍動は見る者に神々しさを感じさせるだろう。

あの日はじっくりと眺める余裕などなかったが、改めて見ると絵に関して素人の珠でも美しいと思う。

龍の金の双眸は、画面上部を向いている。

ただ、そのまなざしにどこか焦がれるような色がある気がした。

自由に天を駆けているのに、なぜだろう？

見入る珠だったが、理由を探る前に絵の違和感に気づく。

「尾が、ない……？」

龍の絵にはあるはずの尾が見当たらなかった。

まるではじめから描かれていなかったように、色も墨の筋もないのだ。

だが、一度見ただけの珠でも思い出せる。

この絵には龍の全身が描かれていて、尾もしっかりあった。

一体どういうことだろうと、珠は注視しようとすると、目が良い瑠璃子が血相を変えて腰を浮かせた。

「銀市さんの絵が消えているじゃない⁉」

その声で珠がもう一度視線を向けたときだ。

尾に近い部分の鱗が、まるで蒸発するかのように消失した。

先ほどまで鱗が描かれていたはずの場所には、まっさらな紙の質感があるのみだ。

なにも異常がないことが、逆に異常性を強調していた。

銀市が封じられた掛け軸から、彼を模された絵が消えることは、とうてい良い兆候だとは思えない。

決定的な瞬間を目撃してしまった珠は、青ざめて灯佳を見る。

灯佳は険しい表情で、静かに語った。

「わしの施したまじないに、このような作用はなかった。銀市自身を模した絵は封じられた銀市そのものだ。それが消えるというのは、内部のあやつに不測の事態が起きているのだろう」

「不測の事態が起きていると、どうなるのですか」

聞きたくない、と思いながらも、珠は尋ねるしかない。

「このままでは、銀市は目覚める前に消滅する」

灯佳の簡潔だからこそ明確な宣告に、すうと、珠の血の気が引いた。

一瞬静まった心臓が、息苦しいほど脈打ちはじめる。

言葉をなくす珠の代わりに、瑠璃子が灯佳へ詰問した。

「あんたは銀市さんが掛け軸の中で休んでいるって言ったわ。消えるっておかしいじゃない。あんた自身のまじないなんだから、いますぐ解きなさいよ」

「そもそも掛け軸の封じは、銀市の意思で出られるものだ。一時の安らぎを得たのちに、傷が癒えれば自然と解けるはずだった。その気配すらないのであれば……銀市自身が拒んでいるのやもしれぬ」

銀市が、戻ることを拒否しているかもしれない。

珠の頭は真っ白になる。

「でもこのままだったら銀市さんが消滅するんでしょ！　あんたなんでそんなのうのうとしてんのよ！」

苛立ちのままに詰め寄る瑠璃子とは対照的に、灯佳は淡々と答えた。

「わしが銀市から望まれたのは、掛け軸の管理のみだ。銀市を無事に出すことは望みの範疇外なのだよ」

「っこんのっ！　薄情狐！！！　いつだってそうよね！　俗世のことなんて関わりませんみたいに飄々としちゃって！　長い付き合いの銀市さんですら見捨てるってわけ⁉」

瑠璃子が灯佳につかみかからんと立ち上がった。

だが灯佳に手が届く前に、現れた狐達が彼女の手足に絡まり引き留める。

「このっ放しなさいよ！　一発殴ってやらなきゃ気がすまないんだから！」

衝撃でぼんやりとする中でも、珠は灯佳の言動を考えていた。

珠は、正直あまり灯佳について知らない。

一番話したのは、灯佳と吉原へ行ったときくらいだ。

ただ「吉原に行くか？」と問われ、珠がためらったとき、灯佳は珠の些細な仕草を肯定と解釈して動いた。

さらに「狂骨を助けられるのならば助けるか？」と問われたときも、強引ではあったが珠がそうしたいと願った瞬間、灯佳は動き出した。

『肯定と取ろう、では行くぞ』

すべて、なんらかの形で珠が望んでから動いている。

それは、逆を言えば――……

「灯佳様は、どなたかに願われなければ、動けませんか」

珠の発言に、猫耳と尻尾をあらわにして今にも暴れ出しそうな瑠璃子が止まる。

振り返った彼女の視線を感じながらも、珠は灯佳を見つめた。

灯佳は静謐なまなざしで珠を見返している。

肯定も否定もしない。

試しているようにも、こちらをうかがっているようにも感じられる。

だが、饒舌な灯佳がごまかしもしないことが、普段と異なると思った。

それに、珠がすることは変わらないのだ。

膝の上で両手を握り、珠は続けた。

「わざわざ名指しして招いたのは、私がお役に立つから、ですよね」

「……」

「なら、灯佳様に助けていただきたいです。そのために私ができることを教えてくださいませんか。私は、銀市さんにもう一度お会いしたいのです」

祈るような気持ちで願った珠は、再び水の気配に包まれる。

この既視感がようやく形を結ぶ。

これは、銀市と居ると時折感じたものだ。

はっとした珠が掛け軸を見ると、表面にまるで水面に石を投じたように波紋が広がっていた。

すぐに収まってしまったが、一体なんなのだろう。

不思議に思いながらも珠が灯佳に視線を戻すと灯佳と目が合う。

彼の表情には微かな感心があった。

「そなたは幼子ではなくなったのだなぁ」

子供の成長を喜ぶ親のようなまなざしを向けられ、珠は落ち着かない気持ちになる。

しかしそれも一瞬で、灯佳はすぐにいつもの真意の読めぬ妖狐に戻った。

「おそらく、そなたにしかできぬことだ。そなたが掛け軸の中に入り、銀市を連れ戻せ」

「掛け軸の中に、入る……？」

思わぬ話に珠が困惑すると、灯佳はするりと立ち上がる。

りん、りんと足首の鈴を鳴らして御簾の内側に入りながら、灯佳は続けた。

「外部から干渉する方法は限度がある。ならば、内側から問題を取り除いてやれば良い。迷う子がおれば迎えに行く。単純であろう？」

「そんな方法があるんなら、あんたがやれば良いじゃない」

懐疑的な瑠璃子に、小さく笑った灯佳は、掛け軸に手を伸ばす。

「三毛猫はせっかちだのう。ほれ、わしができぬ理由はこれだ」

指先が触れるか否かの場所で、バチンッと激しい音と共に雷光が走った。

珠は反射的に身をすくめる。

光も音も一瞬だったが、それらが収まったあと灯佳の指先は赤くなっていた。

「このように、今の封じは他者が触れることを拒んでおる。わしだからこの程度ですんでおるが、無理やり干渉しようとすれば、それなりの覚悟をせねばならぬ。そのときには内部の銀市も無事は保証できん」

明確な理由を提示された瑠璃子は押し黙る。

掛け軸から離れた灯佳は珠を見た。

「だが、さきほど見ての通り、そなたの呼び声にだけは反応を示した」

珠は握り合わせた手に力を込め、逸る心をなんとか宥めた。

掛け軸に生まれた波紋は、銀市が応えてくれた証なのか。

「そなたは銀市と縁を結んだと聞いておる。名を交わし、血と言の葉をもって契りを結んだな？　ゆえに銀市は、そなただけは拒めん」

灯佳の言葉に、珠の脳裏に三好邸での一件が鮮明に蘇った。

優しく食まれた箇所を無意識に握る。

あのとき、銀市に本当の名前を教えてもらった。

名前の響きは普通のものとは違っていて、動揺する珠に銀市は目を細めてこう言った。

〝だから俺に君の声が届く〟

本当に、届くのだろうか。

珠はずっと不安が拭えなかった。銀市はあの特別房で、珠を優しく突き放した。

これ以上は踏み込んでくるな、と示された。

銀古で待とうと考えたのは、他にできることがないからという理由もあった。けれど一番は、銀市が深く踏み込むことを望んでいないと思ったからだ。

しかし、珠が名前を呼ぶと、反応をしてくれる。

それならば、拒絶はされていないのだろうか。

「わしであれば、その縁を頼りにそなたを掛け軸の中へ送り込めよう。内部より原因を探り銀市を説得し、共に帰ってくるのだ」

灯佳は珠が直接迎えに行くのが最善だと言う。

待つ、だけではないことができる。

たとえ銀市が望んでいなくても、行動をしなければ、銀市と二度と会えなくなるかもしれないというのなら――……

灯佳の示した選択に珠が応えようとした矢先だ。

華やかな牡丹の打ち掛けが広がる。

珠に腕を回して抱え込んだのは、本来の姿となった貴姫だった。

彼女はキッと灯佳をにらみ付けた。

『わ、妾は反対じゃ。珠をたった一人で送り込むなど、危険なことはさせられぬ……！』

珠を抱えた貴姫の腕は微かに震えている。

当然だろう、灯佳はこの社の狐達を纏める神使だ。

今も貴姫が意見をしたとたん、控えていた狐達が炯々とした瞳で睨んでいる。全身に感じる重圧で珠は息が詰まりそうだった。

危険を察知することに長けた貴姫なら、この場で声を発することすら重圧を感じるはず。

それでも灯佳を睨むのは、珠を案じる一心からだ。

珠はその気持ちを嬉しく思った。

貴姫は大事な家族だ。心労をかけたくないと思う。

それでも、珠は意を決して貴姫の腕をそっと外した。

「貴姫さん、ありがとうございます。でも大丈夫です」

『珠……!?』

愕然とする貴姫を安心させるために珠は笑いかける。

床に指を揃えて突くと、灯佳を真っ直ぐ見つめた。

「銀市さんに会えるのなら、私は行きます」

「よう言うた。では支度をしよう。誰ぞここに」

「ただその前に、灯佳様に一つだけお願いがあるのです」

さっそく配下に指示を出そうとする灯佳を、珠は引き留める。

なんだ、と目で促してくれる灯佳に安心して、珠は続けた。

「灯佳様の知る銀市さんを、教えてくださいませんか。できれば銀市さんが自分を封じることを選んだ理由の、心当たりなど」

虚を突かれた顔をした灯佳だったが、すぐに納得の色を浮かべる。

「そうだな。今回の試みで最も重要なのは、銀市の心根をいかに動かすかだ。特にあやつが拒んだことを考えれば……時がなくとも、話すべきだの」

考えを纏めた灯佳は、パンッと手を叩く。

「ここに茶と菓子を用意せい。もしかしたら、わしの昔話をあやつが嫌がって起きてくるかもしれぬからな」

揶揄するように言う灯佳に、言われてはじめて気づいた珠は恥ずかしくなる。

掛け軸の中に銀市がいるのだから、本人の前で彼の過去を聞く行為なのだ。

急に気まずくなってしまった珠は撤回しようとする。

「あ、あのやっぱり聞かなくても……」

「なにを言う。むしろ本人が居ぬ間に聞くほうが礼儀に反しておろう？　話すぞとわしが宣言し、あやつが止めぬのなら、それは存分に話して良い合図とも取れる。気兼ねがないというものだ」

もっともらしく言うが、灯佳の顔は笑っている。

珠は瑠璃子を振り返ったが、彼女も止める気はないようだ。

むしろ瑠璃子は好奇心に駆られたらしく瑠璃色の瞳を爛々とさせている。

「面白そうじゃない。銀市さんの昔話。陰険狐なら銀市さんの可愛かった頃とか知ってるんじゃないかしら。帰って来たらネタにしてやるわ」

瑠璃子の含みのあるイイ笑顔に、珠は灯佳に通じるものを感じた。

珠を「礼」と称して幼子に変えた手法などから薄々感じていたが、珠はようやく理解が及ぶ。

「灯佳様はとても、面白がり、なのでしょうか……」

「娘っ子はよう言うのう。そうだな、まずはなにから話すか……。石燕の話はもちろん、アダムの話も知っておいて損はなかろうて」

珠は灯佳からごく自然に出てきた二人の名前に、どきりとする。

銀市に深く関わる二人の存在を灯佳は両方知っているというのか。

珠が考えたことがわかったらしい。灯佳の秀麗な顔がやんわりとした笑みになる。

「わしが、あやつを称するのであれば『人になりたがりの頑固者』かのう」

想いをはせるように遠い目をした灯佳は、穏やかに話しはじめた。

結局、話を聞き終えても、銀市は姿を現さなかった。

＊

珠は銀古に帰らず、そのまま灯佳の準備した儀式に挑むことになった。

あとは珠の協力を得るだけだったらしい。

必要なものも準備もすべて整えられていて、あまりの手際の良さに、珠ですら苦笑してしまうほどだ。

同じ部屋で待つ瑠璃子が、終始ふてくされていたのも当然だった。

「瑠璃子さんに相談せずに決めてしまってごめんなさい」

狐達に手伝ってもらい着替えた珠が謝罪すると、瑠璃子は表情は険しいながらも肩をすくめた。

「最終的にはあんたの意思よ。あんたが危険を承知で飛び込むって決めたんだから止めないわ。こっちは任せときなさい」

瑠璃子の声音から、見た目ほど怒っていないのは感じ取れて、珠は罪悪感が和らいだ。

とはいえ、急遽決まった役目だ。珠も心配なことがあった。

「灯佳様は、このお役目がどれほど時間がかかるかわからない、とおっしゃっておりました。餅つきに来てくださる天狗さん達の対応をお願いすることになるかもしれません」

「まあしょうがないわね。もしものときはあたくしが相手するわ」

「ありがとうございます。もち米の下準備は家鳴りさん達がわかるので、指示に従えば大丈夫だと思います。ついた餅の処理も天狗さん方が手伝ってくれるとおっしゃっていたのでなんとかなりますし……。あ、ただ鏡餅の飾り方はご存じですか」

「あ、えーと……鏡餅なんて気にしたことがなかったわ……」

試しに聞いてみると、瑠璃子は奇妙に顔をゆがませる。

彼女の目が左右に泳いでいるのを見た珠は、狐達に書くものをお願いしてみた。

狐がすぐさま持ってきてくれた紙と筆で、珠は簡単に図と手順を書きながら説明する。

「まず、飾るための三方や三方に敷く奉書紙と四方紅はすでに台所の戸棚に準備してあります。これは家鳴りさんに聞けばわかるので、出してもらってください。他に餅に飾る裏白や譲り葉や橙などの生ものは行商の方に予約をしてあるので、年末には届けてくださるはずです。それをこのように積み上げげて、床の間に飾ります。おせち料理の準備も、ひとまず保留にしますね」

家のことに不慣れな瑠璃子にお願いしなければならないのも、珠にとっては申し訳なさが募る。

しかし、瑠璃子の感想は違うらしい。

珠から書き付けを受け取った彼女は、なんともいえない呆れと感心の表情をした。

「あたくし、それなりにあんたを心配してたのだけど。あんたはいつでも自分の仕事を忘れないのね」

仕事を忘れないのは、あたり前のことではないか。

珠は意味がわからずぱちぱちと瞬いたのだが、瑠璃子は珠の頭にぽんと手を置いた。

「いつも通りのできた女中で安心したってことよ。銀市さんを救うなんて考える前に、あんたはあんたの気持ちを大事にしなさい」

瑠璃子のきっぱりとした声音に、珠は背筋が伸びるような気がした。

彼女は、銀市が掛け軸に封じられた日、珠と銀市になにがあったのか知っている。

銀市の行動を身勝手だと憤っても、瑠璃子は珠が答えを出したいという意思を尊重してくれていた。

彼女のそのきっぱりとした態度に、珠はいつも救われる。

そんな瑠璃子は、ふと表情を真剣にする。

「ただね、あんたは銀市さんにひどいことをされかけたの。会った瞬間、体が勝手に怖がるかもしれないのは覚えておきなさい」

珠もそういう心の反応があることは、聞き知っていた。

自分がもう一度銀市を前にして、どのような気持ちになるかわからない。

『珠が怖がるかもしれぬというのなら、なおさら行かせとうない』

弱々しくとも明確な反対の声に、珠ははっと瑠璃子の膝の上を見る。

そこには、頑なにこちらを見ようとしない小さな貴姫がいた。

珠が掛け軸の中に行くと答えて以降ずっとこのような状態だった。

「貴姫さん。あの……」

『妾は中までついて行けぬ。また珠を守れぬではないか……』

ようやく聞けた貴姫の想いに珠は胸を衝かれた気がした。

貴姫は特別房での一件で、珠から離れたがゆえに、危険な瞬間に守れなかったと気に病んでいた。

彼女は村から出て以降もずっと珠を守ってくれていた。今回は、明確に珠の側にいられない状況だ。それは、彼女にとって珠には想像できないほど耐えがたいことなのだ。

彼女の気持ちをおもんぱかれていなかったと、珠は息苦しくなるほどの申し訳なさを覚えた。

貴姫にどのような言葉をかけたら良いかわからず、胸元を握るしかない。

その瞬間、瑠璃子が貴姫の額を指で弾いた。

かなり良い音がして、珠も食らった貴姫も目を丸くする。

『んなぁ!? 猫の！ いきなりどういうつもりじゃ！』

額を押さえて涙目で抗議する貴姫を、瑠璃子は半眼で睨んだ。

「それはこっちの台詞よ。守りたい子にしょげた顔をさせるなんて本末転倒でしょうが」

貴姫がはっとした顔で、珠を見る。

そんなに悲しみを表に出すつもりはなかったため、珠は狼狽える。

拳をきゅっと握る貴姫に、瑠璃子は少しだけ語気を和らげた。

「あんたの守りたいって気持ちはよくわかる。自分の知らないところで危ない目に遭われるほどたまらないことはないわ。けどね、あたくし達の安心のために珠の気持ちを縛り付けるのは違うでしょう」

瑠璃子に静かに諭されて、貴姫は今にも泣き出しそうに顔をゆがめる。

しかし、反論はしなかった。

心配されるのもわかる。珠もたった一人で行かねばならないのは、不安しかない。

その気持ちを、一番側に居てくれた貴姫はわかってくれているのだろう。

珠は瑠璃子の傍らに膝をついて、貴姫と視線を合わせた。

「貴姫さん」

呼びかけると、貴姫はようやくこちらを見てくれる。

「私も、不安です。銀市さんと会ってどのような気持ちになるか、わからないから。でも行かないときっと後悔すると思うんです」

今の珠は少なくとも、銀市に会いたいと願っている。

銀市の気持ちを、悲しみの理由を、拒絶の真意を知れるかもしれない。

「だから、無事に帰ってきたら、お帰りと、迎えてくださいませんか」

きゅっと、唇を嚙んでいた貴姫は寂しげに瞳を揺らして考え込んだ。

やがて、ゆっくりと珠を見上げる。

『きっと、帰ってくるのじゃぞ』

貴姫の真っ直ぐな懇願に、珠はせめてと真摯に頷いた。

珠は再び奥の一室へと案内された。

掛け軸が鎮座する御帳台はそのままだが、内部に円座が据えられていた。

さらに四方には青々とした斎竹が立てられ、紙垂が垂れ下がった細いしめ縄が張り巡らされている。

他にも珠にはわからない札や祭具が並んだ中に、真っ白な衣に身を包んだ灯佳が待ち構えていた。

「娘ッ子、こちらへ。……ふむ、装束に不備はないようだな」

灯佳は珠を上から下までじっくりと観察して一つ頷いた。

配下の狐に手伝ってもらったとはいえ、着方に不安が残っていた珠は安堵する。

珠は今、灯佳に用意された装束に身を包んでいた。

白い小袖に、緋色の袴という巫女装束を基本に、意匠化された牡丹の文様が染めと刺繍で表された透けるような千早を重ねている。白の小袖もとろけるように薄く、襦袢の紅色が淡く透ける様は華やかで美しい。

かつて村で着ていたものとは異なっても、特別だと一目でわかる。

自然と身が引き締まった。

「この衣は、そなたの身を守るためのものだからの。万一不備があってはならん」

灯佳は、一通り珠の衣に触れて確認したあと、珠を円座に座るよう誘導した。

「よく聞け。掛け軸の中で会う銀市が、常の銀市と思わぬことだ」

「いつもの銀市さんと違う、とはどういう意味でしょうか」

腑に落ちずに聞き返す珠に、灯佳はいつになく真剣な表情になった。

「掛け軸の内部は銀市の心だ。心には誰しもが表に出さぬ欲求、感情がある。それが形になったものが待ち構えておろう。しかも龍の性に呑み込まれかけた末に封じられた。一度龍のあやつを見ておるのなら、わかるであろう？」

ようやく、灯佳の言いたいことが理解できた気がした。

天を舞う銀市は神々しく、地上に居る人など目に入らないように超然としていた。

とうてい人の言葉が届くとは思えないと感じたほど。

「龍の、銀市さんが待っているかもしれないのですか」

「ああ、そなたと認識せぬならまだマシだ。言語が通じぬかもしれぬ。そもそも生き物の形をしておらぬかもしれぬ。見た瞬間そなたに襲いかかる可能性すらある。それだけではない。掛け軸の中は時の流れも、世界の理も違う。さらに内部ではそなたは異物だ、なにもなくともそなたを蝕むであろう。それでも行けるか」

珠は銀市に力強く押さえつけられた腕を無意識にさすった。

この場に、貴姫と瑠璃子がいなくて良かったと思った。

きっとなにがなんでも止めようとしただろう。

いちど息を吸って、吐く。

珠は灯佳の黒々としたまなざしを真っ直ぐ見つめ返して、頷いた。

灯佳は珠の覚悟を見て取ると、ふっと目を伏せた。

彼が両手を広げると、その手の間に華やかな紅色の光が生じる。

珠がその美しさに見入る中、光から花開いたのは一輪の牡丹だった。

紅色の瑞々しく艶やかな花だったが、生花ではない証拠に、花弁には玻璃で作られたような硬質さがある。

　現世に咲く花ではない異質な美しさを感じさせた。

「この牡丹は内部のありとあらゆる影響からそなたを守るであろう。だが花弁が散りきれば、そなたは掛け軸から戻れず消滅する」

　灯佳の静かな宣告は、だからこそ誇張でもなんでもない事実だと物語っていた。

　もとより、簡単に成せるとは考えていなかった。

　珠は平静に、差し出された牡丹を受け取った。

　花の大きさは珠の両手を覆うほどだ。透けるような薄い花弁が幾重にも重なっているさまは重厚だが、持っていることを感じさせないほど軽い。

「どうやって銀市さんを連れ戻せば良いでしょうか」

「内部に入ったら、まずは銀市を見つけ、原因を探れ。そして銀市に帰る意思を持たせるのだ。あやつが目覚めればそなたも自ずと戻れよう」

　覚えなければならない複雑な手順があるのかと考えていただけに、わかりやすい方法で珠は少しだけ安心した。

「では、はじめるぞ」

　珠が納得したと見た灯佳は、円座に座り、目を閉じるよう指示をする。

　牡丹の花を手で包んだ珠は、目を閉じる前に吊されている掛け軸の龍を見つめた。

銀市と、一緒に正月を迎えると約束した。珠の一方的なお願いだったと、今は重々承知しているけれど。

――本当に迎えられるかもしれない。

そのために、問いかけて、話を聞いて、自分の気持ちを確かめるのだ。

「次に目を開けたときには、そなたは掛け軸の中だ」

灯佳が厳かに、祝詞（のりと）らしきものを唱えはじめると、室内に焚（た）きしめられた香の甘い中にも清涼感のある香りが強くなる。

そこに、水の気配を感じたとたん、珠の意識は滑り落ちるように暗転した。

第一章　春愁乙女と龍の邂逅

意識の覚醒は唐突だった。

珠がぱちり、と目を開くと、真昼の往来のまっただ中にいた。

見える建物は瓦葺きで、地面は土道だ。

一応は珠が知る町並みのように思えたが、通行人の様子が違った。

男女ともに着物を着ており、洋装の者など一人も居ない。特に男性は珠も浮世絵などでしか知らない古風な髷を結っていた。

全体的に古びた印象だったが、珠が最も驚いたのはそれだけではない。

目に入る人々は全員、恐怖と焦りをあらわに逃げ惑っていたのだ。

一体どういうことだろうか。

とにかく状況を把握しようとする珠に、誰かの叫びが聞こえた。

「化け物だッ!!」

珠は声のしたほうを見ようとしたが、我先にと逃げようとする人混みに揉まれてうまく歩けない。

さらには誰かの肩がぶつかって体勢を崩した。

うまく踏ん張れず、土煙の上がる土道に投げ出される。

手と膝がすれた痛みを珠が堪えていると、傍らに牡丹の花飾りが転がった。

道に落ちた華奢な牡丹など、混乱する人々は気づかない。

牡丹の花が散れば、珠はこの世界から消える。

珠は今にも踏み潰されようとした牡丹に飛びついた。

牡丹はなんとか無事に両手のうちに囲い込めたが、逃げ惑う人々はうずくまる珠には意識を向けない。

彼らの勢いで迫られたら、怪我ではすまないだろう。

逃げるのは間に合わない。

せめてと身を固めて丸まった珠を、突如嵐のような強風が襲う。

きゃあと誰かの悲鳴が響き、群衆の圧迫感から解放された。

なにが起きたのかと顔を上げて、珠は息を呑んだ。

大通りを占領していたのは、一頭の龍だった。

蛇を思わせる太く長い胴体は鱗に覆われ、同じく鱗が生える五本指の四肢は剛健な爪を持つ。厳めしく恐ろしい顔にある細長い口には、鋭い牙がずらりと並んでいた。

重厚な体軀にもかかわらず、虚空を浮遊しており、神々しさをより強調している。

たてがみとひげをそよがせるさまは、この混乱した場にそぐわぬ優美ささえあった。

三好邸で夜の空に見た銀の龍の印象が重なる。

うり二つに見えたが、珠は決定的に違うことも理解していた。

目の前の龍は日差しを眩しく照り返す、黄金色をしていたのだ。

「きん、いろ……？」

疑問のままに呟く珠を、金の龍は見下ろしている。

その双眸は、まるで宝石のような紫だ。

三好邸での騒動で珠が見た銀市は、銀色の鱗に金の目をしていた。

あの日の龍とは決定的に色が違う。

けれど、あまりに彼を思わせる存在にいきなり遭遇して混乱する珠は、牡丹の花を握ったまま動けなかった。

呆然と見上げる珠を、龍もまた見つめ返していた。

人とはまったく違う顔立ちで感情が読みにくいが、それでも珠は目の前の龍が動揺しているように思えた。

龍は虚空を滑るようにゆっくりと距離を縮めてくる。

珠はその場にへたり込んだまま、龍の顔が間近に迫るのを眺めていた。

あと少しで珠が触れられる距離になる寸前、龍は弾かれるように離れた。

すさまじい勢いに珠がとっさに顔を庇(かば)った直後、珠の前に飛び出す人影を見た。

長い銀髪が空に躍る。

人影は、珠を追い越しざま腰の刀を抜きはなつと、珠の目前に迫っていた龍の鼻面に振り抜く。

その背を、珠は知っている。

間一髪で刃をよけた龍は、珠を気にしながらも、新たに現れた人物へ唸(うな)り声を上げる。

しかし、すぐに身を翻して空へと舞い上がり消えていった。

抜き身の刀を携えたまま、珠の傍らまで後退してきたのは長身の青年だった。

「また逃がしたか」

地味な縞(しま)の長着姿で、怜悧(れいり)な横顔には頬や首筋に所々銀色の鱗が浮かんでいる。

結わずに流した銀髪が背を覆うように奔放に遊んでいても、見間違いようがない。

こみ上げてくる熱のまま、珠はその名を呼んだ。

「銀市さんッ……！」

眼前の銀市がふっと振り向く。

金の双眸が珠を捉える。

喜びのまま言葉を続けようとした珠は、その瞳に親しみの色がないことに気づく。

冷めた目で珠を見下ろす銀市は、眉を寄せた。

「君は誰だ？」

珠の喉が、ひゅっと鳴った。

すべての音が遠のいた気すらした。

まさかと思う気持ちが、不安と恐れを呼び寄せる。

「覚えて、ないのですか」

自分の声がか細く震えていても、珠にはどうしようもなかった。

珠を見下ろした銀市は、わずかに眉間に皺を寄せたが、それだけだった。

まったくの他人に対する態度だった。

珠の中にあった小さな希望も、淡く消え去った。

灯佳が言っていた。「掛け軸の中で出会う銀市が、常の銀市と思わぬことだ」と。

この銀市は、珠を覚えていないのだ。

どんなことがあっても大丈夫だ、と覚悟を決めて来たつもりだった。

なのに実際に目の当たりにすると、胸が悲しさと苦しみでいっぱいになってしまう。

それでも珠は息を大きく吸ってなんとか動揺を鎮めようとした。

目の前の銀市は、言葉を交わせる。つまり、話して状況を聞ける余地はあるのだ。

珠が落ち着こうとしている間に、銀市は息を吐くと手に持つ刀を腰の鞘に戻した。

「どうせ、その装束からしてどこぞの拝み屋連中の仲間だろう。妖怪どもに八つ裂きにされたくなければ、すぐに立ち去れ」

その言葉で、珠は自分が灯佳に与えられた装束姿だと気づく。牡丹(ぼたん)の花も持っていたことから、現実世界での状態が反映されているようだ。

夢の中のようなものかと考えていたが、先ほど肩でぶつかられたときや転んだときも、鮮明な痛みがあった。体は現実とほぼ変わらないのかもしれない。

そんな風にこの世界について考えていた珠は、銀市が去って行こうとしているのに気づいて慌てた。

先ほど見た金の龍についても気になるが、せっかく会えたのに銀市と別れるわけにはいかない。

ともかく状況を把握するためにも接点を持たねば。

急いで立ち上がった珠は、銀市の背に向けて声を投げた。

「あ、あのっ助けてくださりありがとうございました！ それから大変申し訳ないのですが宿がないのです。下働きでもなんでもいたしますので拾っていただけないでしょうか！」

珠の懇願に、銀市はぎょっとして振り返る。

その表情からはなにを言うのかと思っているのがありありとわかった。

珠も羞恥で顔が赤くなりかけるのを堪える。

とっさにこれしか思いつかなかったのだ。

銀市はちらりと周囲を見るとぎゅっと眉を寄せる。

どうしたのかと珠も視線を向けると、逃げ惑っていた人々がこちらに注目している。

うずくまりたくなるほど恥ずかしいが、ここで引くわけにもいかない。

顔が赤くなるのを感じながらも珠が見つめ続けると、銀市は手で銀髪を掻き上げた。

あらわになった首筋の鱗が、日の光で艶やかに光る。

「これが見えないのか。俺は人ではないんだぞ」

唐突な行動に珠は戸惑ったのだが、鱗について言及しているのだと思い至った。

しかし珠にとっては今さらな話でもあって、どう反応すべきか困ってしまう。

「え、えっとそう、ですね」

中途半端な返事に、銀市は理解に苦しむとばかりに渋面になる。

「……あの化け物と変わらないんだぞ。しかも年若い娘が今出会っただけの得体の知れない存在に『なんでもするから拾ってくれ』などと言うものではない」

銀市の冷たい忠告に、珠は反射的に首をすくめた。けれど、「得体の知れない存在」という表現は聞き捨てられず、訂正しなければならないと口を開いた。

「あなたは龍を追いかけるより、私を助けることを優先してくださいました。だから信頼できると思ったのです」

助けに入ってくれたときの独り言からして、この銀市はあの龍と因縁があるようだ。

なのに、彼にとっては見ず知らずの珠を庇い、守るために留まってくれた。

態度は硬いが、銀市だからというのを抜きにしても、彼の行動は信用できるものだ。

銀市は思わぬことを言われたとばかりに金の目を丸くする。

「少なくとも、得体の知れない方ではありません」

彼はなにか言おうとするものの、眉間に皺を寄せて口をつぐんだ。

言い切った珠は、その表情があまりにも険しくて不安に駆られる。

「だめ、でしょうか」

「だが……」

ここで否と言われたら、珠はせっかくの接点を失ってしまう。

受け入れて貰えなかったらどうしようと、不安と心細さに牡丹の茎を握る。

そのとき、銀市の背後から男の声が聞こえた。

「銀、いいんじゃないか？」

朗らかな肯定に、銀市が振り返る。

親しげに銀市の肩へ手を置いたのは、三十代ほどの男性だった。

身長は銀市より低い。それでも立派な体軀に、墨色を基調とした縞の長着を身につけている。裾は尻っ端折りにしており、下に穿いた紺の股引が覗いていた。一見地味だが、締められた真っ赤な帯がぱっと目を惹く。

髷を結った姿も洒脱で落ち着いた雰囲気を纏った彼に、珠は既視感を覚える。

だが、初対面なのは間違いない。

珠が現れた男に目を奪われていると、銀市は苦々しげに男を見やった。

その仕草には、珠が見たことのないほど気やすさがある気がした。

「隠れていろ、と言っただろう？」

「拝み屋連中からは隠れていたさ。あいつらみんな君が来たとわかるなり蜘蛛の子を散らすように消えていったぜ。それよりも、だ」

男は興味津々で珠をのぞき込んでくる。

好奇心いっぱいの表情を向けられて、珠はたじろいだ。

「こんな往来に突然現れた巫女さんなんていっとう楽しそうじゃないか！　なによりたいそう困っているように見える」

突然現れたと言われて、珠は不審がられたかと緊張する。

しかし男は好意的ににっこりと笑った。

「身の回りのことをしてくれる子がほしかったんだ。俺は拾ってやっても良いと思うぜ」

「以前に似たようなことを言って、拾って育てた毛羽毛現がしでかしたことを忘れてないだろうな」

「いやあ、そのときは世話になった！　あれはあれで楽しかったな。良い絵が描けたし」

やれやれとばかりに頭に手をやる銀市とは対照的に、男はあっけらかんとしたものだ。

珠は毛羽毛現を育てたと聞いて身の毛がよだった。

毛羽毛現はじめじめとした場所を好み、周囲にカビや汚れをまき散らして増える妖怪だ。家事をする主婦の大敵である。

銀市の苦言を右から左に流した男は、さらに珠へ尋ねてくる。

「で、だ。君は卵焼きを焼けるかい？」

唐突な質問に、様々なことを考えていた珠はとっさに返事ができなかった。

それでも「身の回りのことをしてくれる子がほしかった」という言葉は、好機なのだとわかった。

「は、はい！　卵焼きは甘いのもしょっぱいのもだし巻きも焼けますし、三度の食事の準備から掃除洗濯までこなせます。それから、妖怪さんと働くことにも慣れていますのでご安心ください！」

「よし決まりだ！　今俺はワケあってやたら色男なこいつと暮らしてんだ。そこの住み込みの女中として雇おう。いいかい？」

「ありがとうございます、とっても助かります！」

願ってもない男の許可に、珠はぱっと表情を輝かせて喜んだ。

これで銀市の側に居られると安心したのだが、本人を無視していたことに思い至る。

不安になって珠が見ると、銀市は複雑そうながらもため息を吐くところだった。

「名前すら聞かないのはどうなんだ」

「おっと忘れてた。俺は佐野豊房、こっちが銀市だ。お嬢さんはなんて言うんだい？」

自己紹介をされた珠は、まさかという動揺で男を見上げた。

その名前は、狂骨や灯佳が、銀市の恩人だと語っていた人物だ。

すでに亡くなっていて、珠が会えるはずのない人でもある。

珠は確認する意味も込めて、もう一つの名前を口にした。

「鳥山石燕さん、ですか」

「おお、俺も有名になったもんだな。前に出した画図百鬼夜行は飛ぶように売れたからなぁ」

あっさりと肯定された珠はごくりとつばを飲み込む。

手と膝の痛みがあったことで、現実のようだと思っていた。

けれど生きて会えるはずがない人が目の前に現れて、どんなに現実に思えても違う世界なのだと実感させられた。

珠は銀市を見る。彼の金の双眸はやはり見知らぬ者を見る目だ。

それでも、彼と会えた。

「どうかしたのか」

「いえ、なんでもありません。私は上古珠と申します。どうぞよろしくお願いいたします」

銀市の問いに対し、珠は決意を込めて頭を下げたのだった。

＊

現在住んでいる家へ向かう道中、豊房は自己紹介も兼ねて自分達の話をしてくれた。

「画図百鬼夜行が評判になったのは良いんだぜ？　ただ妖怪達に力を与える行為をよしとしない拝み屋達が、よってたかってちょっかいを出してくるようになったんだ。次の画集が出るまでとはいえ、えらいことを頼まれたもんだな」

豊房はあっけらかんとしているが話す内容は壮絶だ。

そんな彼にぽんと肩を叩かれた銀市は、硬質な表情ながらぼそりと言った。

「だから俺が護衛をしているんだ。窮屈な思いはさせるが許してくれ」

銀市の言葉に豊房が片眉を上げて呆れる。

「許すもなにも、今は君のほうが難しい立場にいるじゃないか。今日の騒動だって、妖怪のしわざに見せかけていたが、その実、君が進めている人と妖怪の融和策に反発する拝み屋達がやったんだろう？」

先ほどの騒ぎは、そういうことだったのかと珠は驚いた。

銀市も、豊房がそこまで話すとは思っていなかったらしい。

驚きつつも珠を気にしていたが、しまいには認めた。

「そうだ。今回の件で、拝み屋達から抗議がくるだろうな。妖怪が人の理など理解できるはずがないから共存などあり得ないと言うはずだ。まあ、妖怪に人の道理を教えるにも、無秩序に町へ入ってくる妖怪の把握すらできていない現状では、俺達も反論はできないのだが」

少し疲れを見せる銀市は苦々しげだ。

彼らの会話に耳を傾けながら、珠は状況を把握しようとしていた。

珠のことを覚えておらず、すでに亡くなったはずの佐野豊房は生きており、画図百鬼夜行の続編を準備している。

もしかして、ここは過去の世界なのではないだろうか。

現実であれば、過去に戻るなどあり得ない。

しかし、ここは掛け軸の中。なにが起きてもおかしくない世界だ。

少なくとも今の銀市は豊房と過ごした時代だと思い、実際に生活をしている。

これでは彼を連れ戻すどころではない。

ただ、同時に大きな手がかりでもある。銀市が今までのことを忘れているのなら、掛軸の中に居る認識がないはずだ。外に出ようとしないのも当然である。

ならば少しでも現実について思い出してもらえれば変わるかもしれない。

考えた珠は思い切って話に割り込んだ。

「妖怪さん達の身元引き受けをしてくれる、口入れ屋さんみたいなところはないのです
か」

案の定、豊房と銀市の注目を浴びて珠は怯んだが、それでも続けた。

「人に詳しくない妖怪さん達でも人と共に暮らせる場を斡旋するような。ときには軍人さ
ん達とも連携して、人に害を為す妖怪や、妖怪を利用する人間を取り締まれたらきっと人
と妖怪の懸け橋になると思うのです」

豊房に怪しまれないように遠回しな表現だったが、心当たりがあれば気になるだろう言
葉を選んだつもりだ。

銀市の金のまなざしが珠を捉えた。

「君の口ぶりだと、実際にある店のように聞こえるな」

興味を持ってくれた。

どきんと、胸が跳ねる。もう一歩踏み込んで話してみよう。

「はい、その店は……銀古というのです」

珠が口にした瞬間、両手に抱える牡丹が震えた。

痺れに似た感触に思わず言葉を止めて花に目を落とす。

この花は、珠を守ってくれるものだと灯佳は言った。

もしかして異常が起きたのだろうかとひやりとしたが、花に変わった様子はなくてほっとする。だが銀市の反応を見逃してしまった。

珠が急いで視線を戻すと、彼は訝しげに耳を押さえていた。

同じく豊房も不思議そうな顔をして問いかけてくる。

「珠ちゃん今なんて言ったんだい？」

「え、お店の名前ですが、銀古と」

単語を繰り返すと、銀市と豊房は同じ瞬間に耳を押さえた。

二人の顔は困惑に彩られていて、珠はまさかと思う。

「まいったな、肝心要らしい部分になると聞こえないぜ」

豊房の言葉に、珠はぞっとした。

「瑠璃子さんは銀古の従業員で、お仕事の仕方は気紛れですがとても頼れる方なのです。私がこちらに来たときにも、銀古をしっかり守ると請け負ってくださって……。御堂さんは銀市さんのことを友人と言って、現実世界では銀市さんの噂を払拭しようと奔走されています！　そう、ここは掛け軸の世界で、私は灯佳様のご助力で銀市さんを迎えに来たのです。……こちらも、聞こえませんか？」

祈るような気持ちで言いつのったが、豊房が困ったように首を横に振る。

銀市も表情は和らがないものの、憐憫のような色を見せた。

「どこかで呪いを受けたのか」

呪いを受けていたのは、銀市のほうだ。噂によって在り方をゆがめられかけて、この掛け軸の中に封じられた。

しかしどういう理屈かはわからないが、口頭で現実世界の情報を伝えられないのだ。

それが、この世界の法則なのだろう。

珠は空しさと落胆を覚えたが、同時にほんの少し安堵してしまった。

〝今の俺は、怖いだろう？〟

問いの答えはまだ見つかっていない。

現状、銀市に記憶を取り戻させられないのなら、答えをすぐに出さなくて良いのだ。

だから、珠は嘘をつくのを申し訳ないと思いながらこくりと頷いた。

「はい、そう、みたいです……」

ちくちくと良心が痛みうつむくと、ぽんと肩を軽く叩かれた。

珠の肩に手を乗せた豊房は、安心させるように笑ってみせた。

「そりゃあ、大変だったなあ。なのに妖怪達を嫌わないでくれて嬉しいよ」

その労(いたわ)りを含んだ笑い方がかつての銀市と重なり、珠はこみ上げかけたものを堪(こら)えた。

「今から帰るのは、続編ができるまで隠れようってことで借りた家だ。そこならきっと珠ちゃんを脅かす者は居ないぜ」

豊房は不審な人物だとわかっても、珠を受け入れてくれるらしい。

今は、それが救いだった。

「ありがとう、ございます」

豊房に頭を下げながらも、珠は一歩先を歩いて行く銀市の背を見つめていた。

銀市達が住む家は、町から少し外れたのどかな場所にある一軒家だった。

庭付きの、それなりに広い平屋のようである。

「――ちびども帰ったぜ！」

豊房が引き戸を開いたところに、珠も続いて玄関に一歩踏み込む。

頭上からなにかが落ちてきた。

目の前に垂れ下がったのは、全身毛むくじゃらの子供のような顔をした妖怪だ。

銀古に住んでいる天井下り(てんじょうさがり)だった。

とても見覚えがある姿に珠が目をぱちくりとさせると、天井下りも興味津々に見つめ返してくる。

ならば、と珠から話しかけた。

「こんにちは、本日よりこちらにお世話になります」

天井下りはぱちぱちとつぶらな瞳を瞬くと、きゃらきゃらと笑って手を振ってくれた。

どうやら歓迎してくれるようだ。

安堵した珠は、豊房にしげしげと見られているのに気づいた。

「君は妖怪に驚かないんだなぁ。俺はいつまで経っても驚いてしまうんだが。まあ、彼女が驚かないことに驚いてないやつもいるか」

感心する豊房が視線をやったのは銀市だ。

そういえば、銀市は妖怪に驚かない珠を意外に感じていないように思える。

珠と豊房の注目を浴びた銀市は少し沈黙したあと、素っ気なく答えた。

「彼女は妖怪と働くことに慣れていると言った。言葉通りだっただけだろう」

そのまま銀市は室内へ入っていく。

取り残された豊房は、困ったように頬をかきながら珠を見た。

「悪いね、これでもマシになったほうなんだが、銀は少しばかり人間と距離を置きたがるんだ」

「いえ、お気になさらず。私はぽっと出の得体の知れない娘ですから、警戒されるのは当然です」

今までと異なる反応に悲しみがないと言えば嘘になる。

この世界の銀市が珠を知らないのであれば、当然とも言える反応ではあった。

それに、少なからず覚悟していたことだ。

今は害のない人間だと理解してもらい、側に置いてもらえるよう努力しよう。

「そこまでは言ってないんだが……」

顔を引きつらせる豊房に、珠は表情をきりっと引き締めてみせた。

「まずは信用していただけるよう、精進いたします。なのでさっそく仕事にとりかかりたいと思います。まずなにをいたしましょうか！」

使命感に燃える珠に、豊房は完全に引いていた。

が、気を取り直すようにこほんと咳払いをする。

「さっき言った通り、君には家事全般の雑用を頼みたい。掃除洗濯炊事諸々の雑務だな。妖怪達がちょっかいを出すだろうから気をつけてくれ。ほしいものがあれば銀市に言えば用意できるはずだ」

「かしこまりました。よろしければたすき代わりになる紐をお借りできますか？　それと、妖怪さんにどのような方がいらっしゃるか先にお尋ねしてもよろしいでしょうか」

「わかった、なにか見繕おう。うちの居候はまず――……」

豊房の話を頭に刻みつけながら、珠は室内を観察した。

家の規模としては銀古とそう変わらないだろう。一人で家事を回すこともできるし、妖怪達に助力を求めてみるのも良いかもしれない。

算段をしていると、妖怪達について一通り話してくれた豊房は急に改まって言った。

「あとは、俺の部屋には入らないでほしいことかな。場所も教えるが、掃除もいらない。守れるかい？」

不思議な圧のある言葉だと珠は感じた。

豊房の態度が今まで朗らかだっただけに、その落差に珠は自然と背筋が伸びる。

雇い主に言われたことを守らないのは、珠にとってあり得ない。

「はい、かしこまりました」

まずは銀市に信用してもらおう。

ひとまずの目標を立てた珠の決意を見守るように、庭先でたんぽぽが揺れていた。

豊房の家は、中庭を囲むように台所をはじめとした各部屋が配置され、縁側の廊下でつながっている造りだった。

全室窓は障子戸と雨戸だけで、硝子(ガラス)戸はない。

右手側には客室が並んでおり、銀市はその一部屋に住んでいるようだ。

珠は台所に近い一室を貰った。

左手には豊房の仕事場兼居室だけがある。間違えて入る可能性はなさそうだな、と珠は安心した。

一晩眠った珠は、夜も明けきらない早朝に起き出した。

どうやら、掛け軸の中でも眠って起きることはできるようだ。ぐっすりと眠れた。

珠は襦袢の上に白の小袖を羽織り直しながらも、冷静になった頭で今までわかったことを整理する。

銀市達の話す事柄をはじめ、生活の様式や壁に飾ってある暦などから、珠は時代を大雑把に特定していた。

「今はたぶん、豊房さんが画図百鬼夜行の続編を準備されている時期です」

灯佳の話だと、銀市が人と共に生きると決めた頃だ。

あの銀市の本性とうり二つだった龍はなんだったのか、という疑問は残る。それも、珠が灯佳から聞いていない出来事なのだろうと説明は付いた。

「灯佳様は、銀市さんが掛け軸から戻ってこられない理由を探せ、と言っておりました。やっぱり銀市さんに現実のことを思いだしていただくのが一番でしょうか」

しかし珠は銀市を含むこの世界の人々に、「ここが掛け軸の中の世界である」と伝えられない。

昨日から少しずつ言葉や表現を変えて確かめてみたが、やはり肝心の単語は銀市達に声が届かない。文面にして見せても、その部分だけ見えていなかった。

直接伝えるという方法は不可能だ。

ならばどうやって思い出してもらえば良いのだろうか。

悩む珠は胸に暗いもやを感じる。なんの明かりもない真っ暗闇を手探りで進むような不安だ。

明確な答えを見つけ出せないうちに、小袖と緋袴に着替えられていた。

ひとまず問題は横に置いて、珠は牡丹の花を前にどうしようかと考える。

牡丹の花は珠の命綱だ。これからどんなことに遭遇するかもわからないため、なるべくいつも見える位置に身につけておきたい。

「町の人達は、私の姿にあまり注目していなかったようですし……」

悩んだ末に、仕事にはふさわしくないが、髪に挿してみた。

花は髪に吸い付くように留まり、多少激しく動いても大丈夫そうである。

「貴姫さん……は、いないのでした」

いつもの癖で、貴姫に挨拶をしかけた珠は、鏡台に牡丹の櫛がないことに思い至り気恥ずかしくなった。

貴姫にはああ言ったが、珠にとって彼女がどれほど心の支えだったか、ふとした瞬間に実感する。

胸の内側でざわつく気持ちをそっと退けた。

「行ってきます」

決意を込めて部屋に声を残した珠は、台所へ向かった。

まず、すべきこと。それは食事の支度である。

台所道具や食器などは普段珠が使っているよりも、一昔前のものだった。

特に違うのが、配膳にちゃぶ台ではなく箱膳を使うことだろう。

箱膳は、文字どおり箱状のお膳だ。中に個人の茶碗(ちゃわん)や汁椀(しるわん)などがしまえるようになっており、蓋をひっくり返すと机として使える。

ただこれは、珠の時代でも現役で使っている家庭も多く、見慣れないほどではない。

「えっと、銀市さんが鳥山石燕さんと過ごしていた時期は百年くらい前でしたか。服や家屋はずいぶん変わっていますが、道具は今と同じなのですね」

時代は古くとも、いつもの感覚で仕事ができるのはありがたかった。

珠がそれぞれの箱膳から出した食器におかずを並べていると、ちょうど銀市と豊房が起き出してきた。

「おお、夕飯が手妻のようだったから期待していたが、朝飯は一段とすごいなぁ！」

豊房がお膳に並ぶ卵焼きを見て、感心しながら自分の箱膳の前に座る。

昨夜の夕食で満足してもらっていたが、改めて良い反応を貰うとほっとした。

夕べはひとまず休んで良い、と豊房に言われた。けれど、彼らが冷えた握り飯だけで夕食をすませようとするのを見て、珠は食事作りを申し出たのだ。

あまり家で食事を作らないらしく材料はほとんどなかった。それでも納屋に転がっていた里芋と長ネギを味噌汁にして、庭に生えていた蕗と土筆でおひたしを拵えたのである。

わりあいまともな献立を前に、二人とも目を丸くしていた。

そのときの二人の表情を思い出し、珠がくすりと笑っていると、部屋の外からごとん、ごとん、と音が聞こえる。

細い手をついて歩いて来たのは、表面に藍の染め付けが施された陶火鉢だった。

陶火鉢は、豊房と銀市の間に落ち着く。

豊房は慣れた様子で悠々と当たりながら、銀市と自分から少し離れた場所に置いた膳に気づき目を細めた。

「珠ちゃんも朝はちゃんと自分の膳を準備したな。感心だ」

「お言葉に甘えました。許可をいただきありがとうございます」

雇われた身だからと珠ははじめ食事の場に同席するのは遠慮しようとした。それを引き留めたのは豊房だ。

珠は、当初豊房に覚えた既視感の正体に気づいていた。

豊房は、珠の知る銀市にふとした瞬間の雰囲気がよく似ている。

彼のほうが何倍も朗らかだが、気の使い方や妖怪への態度、煙草の吸い方などがらしさを感じさせるのだ。

今日の献立は卵焼きをはじめとして、春野菜の浅漬けと、たけのこの味噌汁に、白米を用意した。

珠ができればこれくらいは作りたいと思っていただけのおかずが作れたのだ。

だからこそ、珠は少し緊張しながらほくほくとした顔をする豊房に切り出した。

「納屋に昨日は見なかった食材がたくさんあったので、多めにおかずを用意してみました。卵もいつの間にか台所にあって……勝手に使って大丈夫でしたでしょうか」

そう、昨日珠は野菜などを保管する納屋が空っぽだったことを確認していた。

なのに朝には作るおかずに迷うほどの食材が揃っていたのだ。

しかも卵は納屋をひととおり見終えた珠が「卵がないのは残念ですね」と呟いて帰った台所の作業台にあったのだ。

台所には夜も朝も、卵はなかったと断言できる。人や妖怪の気配もなかった。

納屋にあった野菜だけなら、夜のうちに誰かが持ち込んだというのはあり得る。

だが、卵は忽然と出現したとしか思えないものだ。他の食材も湧いて出たと考えるのが自然だろう。

珠はいきなり出てくる食材に対して、豊房達がどう感じているのか確かめたかった。

豊房は目をぱちくりとすると面白そうな顔になる。

「ほうそうか。また銀市を慕う妖怪がきたのかもしれないいな。昨日も言った通り食材は好きにしてくれて良いさ」

どうやら慣れているのか疑問に思わないようだ。

残念なようなほっとするような気持ちで、珠は引き下がった。

いただきますと挨拶をして、豊房はさっそく卵焼きを口にすると顔をほころばせた。

「これは俺が好きな味だぜ！　珠ちゃんすごいな。ふんわりしてんのにじゅわっとうまみがある。こんなうまい卵焼き久々に食べたなぁ」

「お口に合ったのなら良かったです。おかわりも焼きますので遠慮なくおっしゃってください」

豊房の表現は大げさなように思えたが、珠にとっては反応がわかりやすくて助かった。

成人男性だとは理解しているが、豊房はあまりに朗らかでつい気を緩めてしまう雰囲気がある。そんな饒舌(じょうぜつ)な彼に救われている部分もあったのだ。

その最たる理由は――……

珠が気もそぞろに白米を口に運んでいると、豊房がやんわりとした笑みになる。

「なあ、銀。君も好きな味だろう？　むしろこの甘めの味付けは君のほうが好みじゃないか」


珠はどきりとして、箸を止める。

そっとうかがうと、今日も少し癖のある銀髪を背に流したままの銀市は顔を上げた。

豊房に視線をやり、次いで珠を見るが、なにも言わず再び箸を動かしはじめる。

元々口数は多くない銀市だったが、今の銀市はより寡黙だった。

全身から頑なさが感じられて、珠から話しかけるのもためらうほどだ。

ただ、銀市のそのような雰囲気を軽々と突き崩すのが豊房だ。

「一言くらいしゃべっても良いだろうに。まあ言わんでもわかるけどな」

豊房の言う通り、黙々としていても銀市の食べる手は止まらない。

銀市は豊房を一瞬睨んだものの、言い返すつもりもないようだ。

卵焼きを焼いた理由は、どこまで珠の知る銀市と同じかを確かめる意図もあったのだ。

あわよくば、彼の記憶を呼び起こせることも願って。

特に思い出しはしないようだが、銀市が卵焼きを気に入ってくれたのは感じられて若干ほっとする。

気が緩むと、脳裏に浮かぶのは昨日の光景である。

今なら大丈夫だろうか、と珠は昨日聞きそびれたことを切り出してみた。

「お二人は、人と妖怪を共存させようとしておられるのですよね。それを良く思わない拝み屋という人達が妨害をしてきていて、こちらに住まわれていらっしゃると」

「おう、そうだな」

豊房の同意に力を得て珠は続けた。

「では昨日遭遇した金の龍はなんなのでしょう？」

「倒すべきものだ」

珠が問いかけた瞬間、銀市の硬質な声が響く。

びっくりして見ると、彼は金の目をこちらに向けることなく淡々と続ける。

「あれは、拝み屋達と同時期に現れた化け物だ。関連性はわからんが人間達に危害を加える前に殺さねばならん」

豊房のほうは肩をすくめながらも、なにかを言うつもりはないらしい。

突き放されたように感じて、珠は声を喉に詰まらせる。

あの龍は、色以外は銀市にそっくりだと思った。

けれど話そうとすれば、珠がなぜ銀市の本性を知っているのか根拠を語らなければならない。

人の機微に疎い珠でも、銀市の硬質な態度が非友好的だとは理解できる。豊房の助けがあったとはいえ半ば強引に押しかけたのだから当然だ。

そんな珠が、彼が珠に話したこともない本性を知っていると語れば、疑いの種を増やすだけである。

「そう、なの、ですか」

だから珠はたどたどしく相づちを打つしかない。

珠の知る銀市は口数の多いほうではなかったものの、明確に一線を引くような頑なさは見たことがなかった。

少し気圧されてしまったが、珠は豊房達が朝食を食べ終えかけているのに気づいて、ひとまず箸を置く。

「お茶をご用意いたしますね」

言って立ち上がろうとした珠は、銀市と目が合った。

一瞬偶然かと思ったが、銀市は白い小袖にたすき掛けの珠をじっと見つめている。

「あの、なにか」

「……いいや、ごちそうさま。俺にはいらない」

銀市はそれだけ言い残すと、食べ終えたお膳を持って去って行ってしまった。

残された珠は消沈してうつむいた。

「やはり、私が押しかけたのを怒っていらっしゃるのでしょうか」

あのときはこの方法しか思いつかなかった。

だが銀市に嫌われては帰る意思を持たせることはおろか、珠を思い出してもらうこともままならないだろう。

どう挽回すればいいのかと、珠は途方に暮れてしまう。

ただ、同じように銀市の背を見送った豊房は、含みのある笑みになる。

「いやあ、怒ってるやつが食器を自分で洗いにいくかね」

「そう、でしょうか？　いつも……いえ、昨日も使ったものはきちんと片付けられました」

珠は無意識に現実の銀市の話をしかけて、言い直しつつも首をかしげる。

銀古での銀市は、食べ終えた食器は率先して流しに持って行ってくれていた。

特筆すべきことだろうか、と珠が思っていると、茶碗についた飯粒まできれいに食べていた豊房はにんまりとした。

「そもそもな、銀市は俺の他に誰も近づけようとしなかったんだ。なのに今回は君を迎え入れた」

「それは豊房さんが口添えをしてくださったからです」

「いいや、銀市は俺が言う前に君を迎え入れる方法を考えていたさ。ためらったのは、ひとえに今の俺達の側は危ないからだろうな。それくらい君が気になるんだろうさ」

にこにことする豊房に、珠は戸惑うしかなかったのだった。

片付けを終えて一息ついた珠は、豊房の言葉を反芻してみる。

昨日は確かに、珠が念を押してお願いしていたときにためらうそぶりを見せていた。

それでも今の銀市は、珠が知る銀市と印象が違いすぎる。豊房の話を素直に受け入れることはできなかった。

「今の銀市さんは、私の知る銀市さんではないのですから。期待はだめです」

自分に言い聞かせることで、珠は消沈する気持ちを宥めようとした。

珠をいつでも温かく見守ってくれた銀市ではないのなら——本当に迷惑に思われているかもしれない。

黒い墨を落としたような不安が、次から次へと押し寄せてくる。

銀市に、迷惑をかけたくない。けれどなにか働きかけなければ、珠の目的は達成できない。

泥沼のような深みに心が沈み込みそうになりかけて、珠はふるふると首を横に振って払った。

「どうしようもないのです。なら、今できることをしましょう」

当の豊房は、絵の仕事を進めると言って部屋に籠もっていた。

昼食は、台所に簡単に食べられるものを用意してほしいとお願いされている。

珠は銀市についての悩みは置いておいて、昼食の献立を考えはじめた。

手を動かしていれば、珠も余計なことを考えないですむ。

「どれくらいここに居るかもわかりませんから、ぬか床を仕込むのもいいかもしれませんね。お昼は簡単なものでも、色々楽しめたほうが良いでしょうし、炊き込みご飯を作りましょうか」

なにか良い材料はないか、と珠が思い返していると、ふと自分の白い衣が目に入る。

昨日の夕方から一通りの家事をしただけだったが、うっすらと汚れが付いてしまっている。気をつけていても、細かな汚れは避けようがない。

上等な着物だったから、用意してくれた灯佳には申し訳なく思うが仕方がない。

とはいえこれから生活していくのなら、着物の調達が必要だろう。

洗い替えはあったほうが良いし、たすきも借りっぱなしは良くないし、前掛けなどもほしい。豊房には折を見て古着を譲って貰(もら)えないか交渉してみよう。

珠が算段しつつ、勝手口へ向かおうとすると、背後から足音が聞こえた。

豊房だろうかと振り返って驚いた。

入り口には、長着姿の銀市が佇(たたず)んでいた。

思わず立ち尽くす珠を、銀市はじっくりと見つめたあと、言葉少なに問いかけてきた。

「家事は一通り終わったか」

「えっと、はい。昼食までも時間がありますし……」

はじめて向こうから話しかけられたような気がして、珠はどきどきしながら答える。

すると銀市はこう続けたのだ。

「なら、少し付き合いなさい。町に出る」

くるりと翻る銀髪に思わず見惚れた珠だが、銀市の言動が頭に染みこむと混乱した。

これはつまり、ついてこいという意味だろうか。

自分を快く思っていないはずの銀市がなぜ？

珠が立ち尽くしたままだと気づいた銀市が振り返る。

「嫌か？」

「いえ、お供いたしますっ」

意図はわからないながらも、珠ははじめて銀市が関わってくれた機会だと、急いでついて行ったのだった。


銀市は宣言通り、町に向かった。

田園風景の中に、桜が所々に植わるのどかな土道を少し歩くと、繁華な大通りに出る。

昨日来たときと変わらず、木と漆喰と瓦で建てられた店舗の間を広い土道が貫き、古めかしい身なりをした男女が賑やかに歩いている。

銀市に連れ出された動揺が少し落ち着いた珠は、周囲の様子を見る余裕ができていた。

この時代は、車はもちろん馬車や人力車などというものもないようだ。かろうじて人の手で運ばれる籠がある程度で、皆が歩いて移動している。

自分の白の小袖と緋袴姿も、銀市の長い銀髪にも注目されない。

浮いた服装だから目立つのではと不安だった珠は、胸をなで下ろす。

しかし、往来の通行人達を何気なしに眺めていると、彼らは単純に自分に注目しないのではないと気づく。

たとえば今珠を追い越した棒手振りは、少しすると再び背後から走ってきた。

先ほどと寸分違わない、威勢の良いかけ声と共にだ。他の道を使って珠の背後に戻ってきたのだとしても不自然なほど頻繁に。

小間物屋の店先で会話しながら品定めしている女達も様子がおかしい。

一度料金を支払って去ったあと、再び今日はじめて会った顔で挨拶をかわし、同じ話を繰り返して同じ商品を買っていた。

この世界の人々は、活動写真の最初と最後をつなぎ合わせたように同じことを繰り返しているのだ。

だから、珠にも銀市にも注目しない。それは彼らの行動ではないから。

銀市の記憶を再現していても、その外は曖昧ということなのだろう。

どんなに似通っていても、同じに思えても、この世界は珠の生きる世界とは異なる理で動いているのだ。

改めて実感した珠は、すっと背筋が冷えた気がした。

平穏でも不気味な世界を、傍らにいる銀市はまったくおかしく思っていないようだ。

彼がどう感じているかを知りたいと思ったが、うまく話のきっかけを見いだせない。

銀市は黙々と進んでいくから、ついていくのが精一杯なのだ。だから、なぜ珠を町に連れ出したのかすら聞けていない。

珠はそわそわしながら、ひたすら銀市に置いていかれないようにするしかなかった。

彼はやがて大通りから一歩外れた店の一つで止まった。

「入るぞ」

珠が看板を確認する間もなく、銀市はのれんをくぐってしまう。

置いて行かれないようにと珠も続くと、華やかな色彩が目に飛び込んできた。

どうやら呉服屋だったようだ。

上がりかまちを上がると座敷が広がり、左右の壁にある棚には、色とりどりの反物の巻物が並べられている。

しかし珠が一番驚いたのは、店の奥から出てきた女だった。

生成りの地に意匠化された桜の褄模様が描かれた長着に黒帯を締める女には、人の両腕の他に六つの蜘蛛の足があったのだ。

人ではないと明らかにわかる女もまた、銀市が連れている珠に驚いたらしい。

「まあ、ヌシ様でございますか！　これは珍しい。この女郎蜘蛛の呉服屋に人の子を連れてくるなんて、どんな御用向きです？」

そう語る女の顔には、蜘蛛と同じように複数の目があった。

彼女の特異な容姿への驚きから脱した珠は、恐縮した様子の女郎蜘蛛に面食らう。

ここが女郎蜘蛛が経営する呉服屋なのは理解したが、彼女の態度は客に対するものにしては、腰が引けている気がした。

どういうことかと疑問が浮かぶ珠は、銀市に背を押し出された。

「この娘が日常生活に困らんだけの着物をあつらえてほしい。代金は俺に付けてくれ」

「えっ」

思いもしなかった注文に、珠は動揺して彼を振り仰ぐ。

珠が戸惑っているのはわかっているだろうに、銀市は淡々と続けた。

「暮らすのなら、着の身着のままでは不都合だろう。適当に見繕いなさい」

「あ、あの、まさか。家で私を見ていらっしゃったのは……着物のことを？」

狼狽（うろた）えた珠がおずおずと聞いてみると、銀市は少し視線をそらして口元を隠す。

それは珠がよく知る、銀市が気まずいときに見せる仕草だ。

「このあと必要なものを買いそろえるから、ある程度体力は残しておけ。終わったら声をかけてくれ」

有無を言わさない言葉だったが、珠はきゅっと胸を握った。

かつて珠が銀古に雇われたはじめた頃も、ほとんど着の身着のままだった。そのときは、瑠璃子が着物を持ってきてくれて救われた。

しかしあとで、銀市は珠が着るものに困っていたと気づけなかったのを悔いていたのを知った。

今の銀市は覚えていないはずの事柄である。

なのに、今回はすぐに気づいてくれたのか。

珠は胸の奥から沸き上がるような喜びでいっぱいになった。

思わず笑みをこぼすと、先に座敷へ上がろうとしていた銀市が奇妙な顔をする。

「なにかな」

「いえ、とっても嬉しくなってしまっただけなんです。銀市さんは、私を気遣ってくださるんだなあと。――ありがとうございます」

記憶を失っていても、変わらない。そのことに救われたような気持ちになる。

珠が安堵と喜びのまま花のように微笑むと、銀市は微かに目を見張る。

彼の優しさをきちんと受け取ろうと思った珠は、女郎蜘蛛の店主を振り返った。

「あの、ではお世話になります。普段着用の長着と帯を何着かと夜着をいただきたいのです」

「おお、大口のお客さんだね。任せなさい、必要ならこの八本の足で夕方までに仕立て上げちゃうからね！」

　女郎蜘蛛は力こぶを作るように足を曲げて見せるなり、反物を出してくれた。

　どうやら彼女は、通行人と違って普通に意思の疎通ができるようだ。

　銀市もこの世界を不審に思わないのは、彼が話しかける者はきちんと会話ができるからなのかもしれない。

「煙草（たばこ）を吸うが、良いか」

　さっそく反物を吟味していた珠は、銀市に声をかけられた。

　銀市は座敷の隅で、手代（てだい）の小蜘蛛に出された茶とたばこ盆で一服しようとしていた。

「煙草なんて挨拶みたいなもんでしょう。聞かずに吸ったところで誰も怒りはしませんよ。今日のヌシ様は妙ですねえ」

　女郎蜘蛛が不思議そうにする。

　だが銀市の言動に心当たりがある珠は、くすぐったい気持ちになる。

　吸うときには声をかけてくれるのも、銀古の銀市と変わらない。

　とはいえ彼が手持ちぶさたなことに思い至り、珠はふと提案してみた。

「煙草はお好きに吸ってくださってかまいません。ただ、もし良ければ、銀市さんも反物を選んでくださいませんか」

煙管を片手にした銀市は、意外そうに眉を上げる。

「好きなものを選べば良いだろう？　君の服だ」

以前は好き嫌いがわからず、瑠璃子を呆れさせてしまった。

けれど、今はこの美しい反物を前にしても、困ってはしまうが途方に暮れはしない。

珠は鳩羽鼠色の地に、濃い黄色である萱草色の千鳥柄が染められた反物を見せる。

「私が好きな雰囲気はこちらなんです。他にも、私が銀市さんがお好きな柄を身につけられたら、きっと嬉しいだろうなと」

そう、なんとなく思っただけ。

着物を着るたびに、銀市はこのような衣が好きなのだ、と考えると珠の気持ちが明るくなるだろうと思ったのだ。

ただ銀市が険しい顔をするのに、珠は良くないことだったかと不安になる。

「だめ、でしょうか」

「……そんなことは男にうかつに言うものじゃない。勘違いされるぞ」

勘違いとはどういう意味だろうか、という考えが珠の顔に出ていたのだろう。

銀市は深く息を吐くと、煙管をたばこ盆に置くなり立ち上がった。

すい、と珠の側に膝をついた銀市は、珠の背のほうに手を伸ばす。

彼が通ったときに、薄荷に似た清涼感のある香りが珠の鼻腔(びこう)をくすぐり、懐かしさと同時に胸が跳ねた。

甘く締め付けられるような感覚に珠が戸惑っているうちに、肩にふわりと反物が掛けられる。

それは爽やかな空色に、意匠化された大ぶりの桜が点々と散る柄だった。花弁の内部は白や紺紫(こんむらさき)、淡い紅色など色とりどりの撫子(なでしこ)で埋められて愛らしい。

すかさず女郎蜘蛛が用意してくれた鏡に映った珠は、ぱっと華やいで見えた。

珠が銀市を見上げると、なんでもなさそうに告げる。

「普段着が必要なのはわかるが、もう少し華やかな柄でも良(い)いだろう。他にはこのあたりか」

女郎蜘蛛が広げた着物や帯の中から、銀市はいくつも選んでいく。

どれもが、珠が普段着にするには贅沢(ぜいたく)だから、と無意識に考慮から外した反物だ。

珠は全身に喜びと安心感が広がっていく。

この世界の銀市は、珠の知る銀市とあまりに違うように思えてずっと不安だった。

けれど、だんだんわかってきた。

珠が知らない銀市なのは、本当。だが、珠の知る銀市に繋(つな)がるひとなのだ。

気遣ってくれた姿や、反物を吟味してくれる面倒見の良さにも、珠の知る銀市の片鱗(へんりん)が確かにある。

再び銀市に会ったとき、どんな気持ちになるか珠は考えていた。

瑠璃子が語ったように、体が勝手に怖がることもあり得ると覚悟もした。

いざこの世界の銀市に会ってみると、いっそ頑なまでに距離を取る彼を前にした今でも、恐怖や忌避の気持ちは湧いてこない。


〝今の俺は、怖いだろう〟


なら、珠があの日の銀市の問いに答えられなかったのは、別の理由なのではないか？

より一層彼がなぜそう言ったかを知りたいと思った。

「ほんの少しだけ、まわり道を、しましょう」

反物を見ながらも、珠は密かに決意を呟いた。

直接思い出させることができないのならば、間接的に。

珠の知る銀古での出来事や、珠に教えてくれたことを伝え直す。

同時に、銀市の問いの真意を探るのだ。

銀市に帰る意思を持たせる、という役目は忘れていないけれど、できるなら珠は答えを伝えたい。そうでなければ、彼は戻ってきてくれない。そんな予感がした。

今の銀市からなら、探れるかもしれない。

「銀古の銀市」ではない、珠には見せなかった銀市を。

きっと、彼の真意を知ることは、銀市を連れて帰るための役に立つ。

「どうかしたか」

「い、いえ！　なんでもありません」

独り言を拾った銀市に問いかけられてしまい、珠は慌ててごまかす。

そう、ここからはじめるのだ。

珠が知らない銀市を知ってみよう。

「大事にいたしますね」

勧められた反物をそっと抱え込みながら、銀市に微笑む。

たとえこの世界だけのものでも、珠にとってはかけがえのない宝物だ。

きっと忘れない。

珠の髪に付けられた牡丹から、花びらがはらりと落ちて虚空に消えた。

＊

日中、銀市が家に戻ると、縁側のほうから軽快な音が聞こえた。

今までこの家になかった生活の気配だ。

豊房は食事や気分転換に外出をする以外は部屋に籠もっている。だから家に帰ってもまるで一人で居るように静かだった。

無意識に音のほうへ歩いて行くと、珠が箒(ほうき)で縁側を掃いていた。

彼女は同年代の娘よりも、小柄で華奢(きゃしゃ)な印象を受ける。

頭に手ぬぐいでほっかむりをして、たすき掛けで袖をからげ、前掛けを着けている。たすきも前掛けもこの家にはなかったから、彼女がいつの間にか作ったのだろう。

彼女が箒を動かすたびに、穂先が地面を撫(な)でていく音はしゃっしゃっと軽やかだ。

縁側の先に黒い卵のような姿の家鳴(やな)りが転がっていても、彼女は動じない。

動じないどころか、二言三言話しかけると、家鳴り達はからからきしきしと楽しげに音を立てて埃(ほこり)を外へと掃き出す手伝いをはじめた。

その光景が眩(まぶ)しく思えて、銀市は立ち尽くす。

なぜ、こんなに目が離せないのだろうと考えを巡らせて、ふと気づく。

これが、自分の望んだ光景だからだ。

人と妖怪が、お互いを傷つけずに過ごせるようにする。

銀市は、家鳴りや天井下りなど、時代の流れで消えていこうとした妖怪達を存続させようとした。だから豊房に協力を願い、彼らを絵姿に描いてもらったのだ。

この試みは、長らく妖怪を敵としてきた人間達はもちろん、人から恐れられることで存在を保ってきた妖怪達にも賛否両論があった。

それでも推し進めたのは、銀市自身が居場所を得られない苦しみをよく知っているからだ。

妖怪は人に形を認められるかぎり、存在できる。

だから銀市は、妖怪がただの「隣人」として穏やかに共に生きることを願った。

今、目の前にある光景のように。

しかし、それをよしとしないのが拝み屋だ。

彼らは古くから妖怪討伐を使命として掲げており、妖怪は消え去るべきと考えている。

妖怪を周知させ力を持たせかねない銀市達の行動を危険視して、妨害してきていた。

先の豊房の外出に同行したときも、過激な拝み屋達が襲ってきた。

人、妖怪全員に賛同される行為だとは思っていないから、それ自体はまだ良い。

だが黄金に煌(きら)めく龍を思い出し、銀市はぎり、と拳を握る。

豊房をこの家に避難させてから間もなく、たびたび金の龍が銀市の前に現れるようになった。

あの龍が拝み屋達を襲った結果、一部の過激な拝み屋達は余計に妖怪達を危険視し、強硬な姿勢になっている。

正体がわからない。だからこそやっかいな第三勢力だった。

なにより、あの金色を前にすると、銀市の脳裏にどうしても嫌な記憶がちらつく。

銀市にとって金の龍は、父親のことだからだ。

自分が化け物に連なるのだという動かせない象徴。

ずっと意識の奥底に沈めて、ないことにしていたものをひっかき「ここにあるぞ」と主張する。まるで自分がいずれああなるかもしれないという末路を見せられているようで、嫌悪感を呼び起こさせるのだ。

じくり、と体の奥から鎌首をもたげる衝動を銀市は鎮める。

「俺は、人として生きると決めた」

妖怪は、人の認識によって姿も、性質さえも変わる。

――そうすれば自分も、人として生きられるはずだ。

だからあの化け物を、なんとしてでも倒さねばならない。

しかし、金の龍は前回遭遇したのを最後に、毎日捜し回っても見つからなかった。まるで誰かに阻まれているようだと、荒唐無稽なことを考えるくらいには影も形もない。

銀市は拝み屋のまとめ役と折衝をする必要もある。

大事な時期でもあるために、龍の捜索を後回しにするしかなく、深追いせず家に帰る日々が続いていた。

相手のほうにも変化があったのか。

あるいは他の要因があるのか――……。

銀市が考え込んでいると、とん、と肩に手が乗る。

こんなに気軽に銀市へ触れる者は、たった一人だけだ。

視線を向けると、豊房がにやついた顔でいた。

「銀、柱の陰から乙女をのぞき見とは、乙なことをしてるじゃないか」

明らかにからかう声音に、銀市は決まり悪く眉を寄せる。

珠を見たまま考えてしまったために、そう思われたのだろう。

訂正したところで豊房にからかわれるのは目に見えていたから、銀市は沈黙を貫いた。

しかし一枚上手だったのは、豊房のほうだ。

楽しげに珠のほうを見ながら続けた。

「彼女が着ているのは、君が選んだ着物だろう。良い趣味だな」

「どこで聞いた」

さすがに聞き流せず銀市が低い声音で問うても、豊房は涼しい顔だ。

「本人が嬉しそうに話してくれたぜ？　いくら俺が花街に連れ出しても大して興味を示さなかったのに。そんな手管、どこで学んできたんだい？」

確かに今日彼女が着ているのは、この間銀市が買い与えた着物の一着だった。

桜の花弁の中に無数の撫子が散らされた柄である。

『仕立てたばかりの着物を普段に着るのは、なんだか贅沢ですね』

とはにかみながら、珠は袖を通していた。

あの着物は、彼女にとっては人に話すほど、嬉しいことだったのか。

体の奥が緩むような感覚に、頬がほころびかける。

だが豊房の思うつぼなのはわかっていたから、銀市は豊房を睨む。

「そんなんじゃない。着物がないのを前にも不便に思っていたから……」

言いかけたところで、己の言動に引っかかった。


――前、とはいつのことだ？


彼女とは金の龍と遭遇したあの日、はじめて会ったはずだ。

前、などあるはずがない。

銀市が考え込むのには気づかなかったようで、豊房はしみじみとする。

「いつも遠くから見守るだけで、直接手助けなんてしなかっただろう？　そんな君が珠ちゃんには自分から関わろうとしている。ずいぶんな変化だと思うが？」

そんなはずはない、と言えないほど、この男に迷惑をかけていた自覚はある。

一人でいるべきだと考えていた頃、豊房と出会い人と妖怪の輪に引き込まれた。

だから豊房は銀市が頑なだった時期を最もよく知っている。

確かに、珠という娘を前にすると胸騒ぎがする。

黄金の龍と対峙(たいじ)している珠を見たとき、怒りに似た衝動に駆られとっさに割り込んでしまったのだ。

あの龍を、彼女に近づけさせてはいけない、という。

助けた直後の珠の瞳にあったのは、溢(あふ)れるほどの喜びと、安堵(あんど)と、不安。

そして……なにかしらの躊躇(ちゅうちょ)。

『覚えて、ないのですか』

名を呼ばれたことに驚いて問い返すと、一気に落胆した顔になった。

そのときに銀市の胸に言いようのない焦燥が走った。

彼女のことを考えると、もやがかったように頭がうまく働かなくなる。

だからだろう、珠の不可解なお願いを、無下にできなかったのは。

豊房も銀市の変化を悟っているように言った。

「俺が助け船を出さなくても、なにかしらの算段を付けようとしたことくらい、わかっているさ。気になってるんだろう？」

気になっている、というのは確かにそうだと、銀市は認めるしかない。

銀市が認めたのがわかったらしい、豊房は目を細めて珠を眺める。

「彼女もまあ、胆力があるよな。君に開口一番に『あの龍を追うより、私を助けることを優先くださいました』なんて言うなんてな」

「いや……」

豊房は感心したように楽しげに語るが、銀市は違う気がする、と思った。

あのときの珠の瞳には、穏やかな信頼が宿っていた。

なのに、すべてを諦めた虚のような瞳が鮮明に思い浮かぶのだ。

まるで豊房に拾われる前の自分のような。

あまりに危うく思えて、どうしても放っておけずに連れ帰ってしまった。

そこから、自分があのように変わるとは思わなかったのだ。

彼女が少しずつ花開いてゆく様に目がくらむような喜びを得て――……

――なにか、大事なことを忘れている気がする。

ずきり、と頭が痛んだ。

「銀、どうかしたかい」

銀市の耳に豊房の声が聞こえて、少し痛みが遠のいた。

こみ上げてくる強烈な忌避感を呑み込んで答える。
「いや、なんでもない」
そうだ、なにかを忘れていようと関係ない。
彼女とはこれ以上関わるつもりはない。
いくら彼女が妖怪達に慣れていようが、きっとそれは害のない者達に限ってだけだ。
本性を知れば、勝手に怯えて去って行く。
銀市はどう足掻いても、化け物なのだから。
こちらが見ているのに気づいたらしく、珠がふっと顔を上げる。
彼女に話しかけられる前に、銀市はその場を離れた。
早く時が過ぎれば良い。彼女が去って行くその日まで。
そう考えること自体が、ただの人の娘を無視できないという事実からは目を背けて。
銀市の視界の端で、華やかな薄紅の花弁がほどけて消えた。

第二章　清夏乙女と夜花火の哀惜

早朝、珠は自室でじっくりと牡丹の花飾りを観察していた。

この世界に来てから数日が経ち、牡丹の花弁が数枚落ちていることに気づいたのだ。

「一日に一枚くらいでしょうか。私が知らないうちに花弁がなくなるときがあるみたいですから、一概にはいえませんが……」

灯佳は、牡丹が珠を守ってくれると言っていた。

豊房の家で過ごす日々はとても平穏だった。時間が限られているのを忘れかけていたほどに。

けれど、花弁が減り一回り小さくなった牡丹に、この世界が珠のいるべき場所ではないと戒められた気がした。

今のところ、体調などに変化がないのは幸いだろうか。

花びらが散りきるまでに、銀市の記憶を取り戻し外に出る必要がある。

「この調子だと、崩れきるまでにあと二ヶ月くらいでしょうか」

――それまでに、思い出して貰えるだろうか。

不安がひたひたと押し寄せてくる。

珠は苦い泥のような感情を、目をつむってやり過ごす。

窓から吹き込んだ風が、珠の頬を撫(な)でた。

それは昨日までの涼やかで柔らかな春の風とは違い、爽やかで濃厚な水と緑の匂いを含んでいる。

遠くから蟬(せみ)の鳴き声も聞こえてきた。

「でも、この世界でしたら、きっと冬まで持ちますね」

珠は自分を励まして、袷(あわせ)の着物ではなく、紫陽花(あじさい)柄の単衣(ひとえ)を手に取った。

昨日まで春だった季節は、夏になっていた。

＊

寝て起きたら夏に変わっていても、豊房も銀市も不審に思っていないようだ。

「最近めっきり日差しが強くなったなあ。暑いと日中はやってらんないぜ」

「窓によしずでも立てかけておきましょうか」

珠が提案すると、豊房は嬉しそうにする。

「そいつはいいね。朝顔でもはわせよう。この冷や汁もするする食べられて助かるなあ」

冷や汁は、焼いてほぐした魚の干物や、薄切りのキュウリ、崩した豆腐、ミョウガなどをごまと味噌を溶いた汁に混ぜて、ご飯にかけたものだ。作った汁は冷たい井戸水に浸けておいたからひんやりしている。のどごしも良いだろう。いきなり暑くなり献立に悩んだ末の工夫だったが、喜んでくれたようでほっとする。

珠は銀市のほうを見てみる。銀市は暑さにさほど弱くはなかったはずだが。

「どう、でしょうか？」

珠が問いかけると、黙々と食べていた銀市は顔を上げた。

「うまい」

簡素だが、声音はやさしい。

着物を貰った日以降、珠は銀市へことあるごとに話しかけるようになった。銀市も二言三言くらい、会話に応じてくれる。

その何気ないやりとりが無性に嬉しい。

二人の微妙な機微に気づいているのかいないのか、豊房は明るく言った。

「この冷や汁、酒を飲んだあとにも良さそうだなぁ。前に漬けた梅酒は良いできだったし」

「確かに、年明けを待たずになくなっていたか」

「あの味は恋しくなるねえ。いや、最近一杯やるのもご無沙汰だったな……？」

真剣に考えはじめる豊房に、銀市は少し眉を寄せた。

「酒は良いが飲み過ぎるなよ。もう若くはないんだから」

そのとき、珠は豊房がぴんと緊張した気がした。

張り詰めた空気もだが、銀市の物言いも少々妙だ。

珠が内心首をかしげていると、豊房は心外そうな顔で抗議をする。

「なに言ってんだ銀、勝手に年寄り扱いすんじゃねえよ。そりゃあ君からすれば年食ってるように見えるだろうが、そもそも同い年だろう？」

悩みかけていた珠は、考えていたことが吹き飛んだ。

ぱちぱちと瞬きながら、銀市と豊房を交互に見るしかない。

この世界での銀市は二十代前半だが、豊房は三十代半ばという外見だ。少なくとも、並んだ二人を同年代だと思う人間はいないだろう。

「豊房さんと銀市さんは同い年なのですか……!?」

その驚きのまま珠が声を発すると、豊房は若干苦笑いを含めつつ肯定した。

「おう、はじめて会った頃は俺も銀市と同じいなせな若造だったさ。だが俺は今では苦み走った色男になったのに、こいつは一向に顔が変わらない。そのせいで俺をじじい扱いしやがるんだ。酷(ひど)いだろう？」

えてやる」
「君が若い気分のまま無茶するからだ。年相応の落ち着きを身につけるのなら、扱いを考

銀市が素知らぬ顔で言い返すのに、豊房は肩をすくめた。

「人間は君が思うより丈夫なんだがなぁ。まあ大丈夫さ、今は飲み過ぎる暇もないからな」

しみじみと言った豊房はどんぶりと箸を膳に置くと、ぱんと手を叩く。

「今日もごちそうさん。じゃああとよろしくな！」

快活に言い残すと、豊房はさっと自分の箱膳を持って去って行ってしまった。

「おそまつさまでした」

驚きが冷めないまま、珠は見送るしかない。

今日も豊房は忙しいようだ。

とはいえ表情は朗らかだから、切羽詰まっているわけではないのだろう。

膳を自分で片付けてくれるのは助かるし、銀市と二人きりになる機会が増える。

つまり、銀市に様々なことが聞けるのだ。

ただし、珠がうまく話しかけられればの話だ。

珠はそろりと銀市をうかがってみるが、彼は沈黙したままで、視線が絡むことはない。

食事の邪魔をしたくない。邪魔にならない話の糸口はなんだろうか。

そう、珠は話しかけるきっかけを摑(つか)みかねていた。

確かに、銀市のことを知ろうと決意した。けれど他人について聞くという経験が乏しい珠は、まずどのように尋ねれば良いのかわからなかったのだった。

先ほどのように日常の何気ない雑談なら、気負わずできる。

銀市も二言三言応じてくれる。……珠がそれ以上に発展させられないだけで。

いきなり「あなたについて教えてください」と聞いても面食らわせるだけだ。

ならば的を絞れば良いのだが、不審がられない質問の仕方というのがどうにも思いつかない。

珠は焦ったがどうしようもない。

狂骨(きょうこつ)か瑠璃子(るりこ)であれば、こんなに躊躇(ちゅうちょ)することはなかっただろう。

銀市は忙しく家を出入りするため、食事時を逃すと二人きりになるほうが稀(まれ)になってしまう。それに、金の龍について問いかけたときの頑(かたく)なな態度はまだ記憶に新しい。

そうこうしているうちに、銀市はかちり、と箸を膳に置いた。

「ごちそうさま」

「あっ、はい。おそまつ、さまでした……」

またも聞けなかった。気落ちした珠は、うつむいて自分の冷や汁をすする。

次は、質問事項を箇条書きにしてみよう、と考えながら。

そのせいで、珠は銀市の見つめるまなざしには気づかなかった。

中庭では紫陽花が青みをおびたがくをこんもりと広げていた。

数日前まではたんぽぽや水仙、カタクリの清楚な花があったが、枯れた草花はおろか咲いていた形跡もない。

不思議ではあったが、初日に卵が忽然と現れたのと同様、この世界ではそういうものだと思うことにした。

そのような中庭がよく見える縁側を拭き掃除しながら、珠はうまくいかない現状に落ち込んでいた。

灯佳から聞いた話では、佐野豊房は町に来た銀市が、はじめて友達になった人間だ。

銀市が『人として生きる』と決めたのも、豊房と共に過ごしていた頃だったという。

儀式の前という限られた時間でも、灯佳はできる限りの話をしてくれた。

珠にとって印象的だったことがある。

『わしが出会った頃の銀市は、龍の己を見せつけることで、人、妖怪双方に距離を置いていた。豊房と過ごしたゆえに、人と妖怪になじむようになったのだ。ただ己の持つ、龍の性質を隠そうとするようになった』

珠が銀古で見ていた銀市は、極力人として振る舞っていたように思える。

銀髪や、鱗が浮かび上がることなど、人ではない証しを表に出さなかった。

しかし今の銀市は、銀の髪も金の瞳も隠そうとはしていない。

珠と邂逅したときには、見せつけて追い払おうとするそぶりすら見せていた。

「銀市さんが、考えを変えるきっかけって、なんだったのでしょう」

悩んでいると、仕事がはかどるのが皮肉だ。

気がつけば縁側はぴかぴかになっていた。

ため息を吐いた珠はぞうきんを洗うと、桶の水を外に流す。

そのときにうっかり庭にある梅の大木を見てしまい、珠はごくりとつばを飲む。

数日前まで美しい白い花を咲かせていた梅は、今はたわわに実をつけていた。

ふっくらとした実は様々に加工できそうである。手仕事の得意な主婦であれば、見逃さない宝の山だ。

けれど、と珠は髪に付けた牡丹にそっと触れる。

この世界での時間は限られている。珠が女中として雇われたからといって、そこまでする必要はない。

だから梅の木は極力見ないようにしていた。見ればやりたくなってしまうから。

ぐらりぐらりと心が揺れる珠は、たった数日前に仕込んだのに、かなり熟れていたぬか床を思い返してしまう。

「もしかしたら、ここにいる間に漬かるかもしれません、よね。それなら、無駄になりません、し」

実は梅を干すのに良さそうなざるや、漬けるのにちょうど良い瓶(かめ)などは見つけてある。あとは実を収穫して作業をはじめるだけだ。

どうせ銀市はいない。準備が整っているなら、作業をしてもよいのでは？

このまま悩んでいるほうが、心に良くない。たぶん、きっと。

「まずは、登るためのはしご、ですね」

言い訳に言い訳を重ねて自分を納得させた珠は、いそいそと準備にとりかかった。

梅は傷がついてしまうと、そこから雑菌が入ってしまい、梅干しなどの長期保存するものには向かなくなる。

なるべく傷つけないためには、木に登って手で取るのが一番良い。梅は手でもげば簡単に収穫できるが、立派な大木のため、残念ながら手が届く範囲に実はなかった。

珠は太そうな枝に持って来たはしごを立てかける。

たすき掛けを確認して、裾をたくし上げると、ふんすと気合いを入れる。

だが、籠を持ってはしごを上ろうとしたところで、背後から声をかけられた。

「一体なにをしている」

びっくりして振り返ると、下駄(げた)を突っかけた銀市が金の目を軽く見張っていた。

自分が足を出していることを思い出した珠は、顔を赤らめて慌てて裾を戻す。

仕事の一環なのだから、あまり過剰に反応しなくて良いとは思う。それでもなぜか無性に恥ずかしかった。

「し、失礼しました。見苦しいところを……。梅の実を取るために木に登ろうとしてまして……」

「梅、か」

銀市が物憂げに呟(つぶや)いた。

若干冷静になった珠は、まだ家主の許可を取っていないことに思い至り青ざめた。

こんなにたくさんの梅が生(な)るのだから、毎年誰かが梅仕事をしていてもおかしくない。

「もしかしてどなたかに梅をお譲りする予定などがあったでしょうか。でしたらすみません、勝手なことを」

「いや、稀に豊房が収穫して梅酒を漬けていたくらいだ」

銀市の答えに、珠はひとまず安堵(あんど)する。

しかし銀市は珠とはしごを交互に見て難しい顔をしたままだ。

「だが、木に登るのは危ないだろう。木を揺すって落とすのではだめなのか」

「実に傷が付いてしまうと、用途が限られてしまうのです」

だから登って取るのが一番だったのだが。

珠が眉尻を下げると、銀市は小さくため息をつく。

「俺に声をかけたら良いだろう」

え、と驚いた瞬間、銀市は珠から籠を奪うと、たんっと地を蹴る。

軽い動作だったにもかかわらず、彼は驚くほど身軽に太い枝へ飛び乗っていた。

珠があっけにとられる中で、銀市は枝の周囲を見渡すと、珠を見下ろした。

「満杯になったら、籠を下ろすから交換してくれ。とりあえず、目につく実を取れば良いのか」

銀市は、手伝ってくれようとしているのだ。

ようやく悟った珠は、なぜと戸惑う。

けれどすぐにくすぐったさに、胸が昂揚するのを感じた。

「は、はい！　選別はあとでしますので……ありがとうございますっ」

銀市は口元を少しだけ緩めて、実を取りはじめたのだ。

籠は三度ほどとりかえても量が多く、残りは諦めることにした。

さすがに今ある瓶に収まりきらない分は無理だ。

縁側に置かれた四つの籠には、収穫した実がたっぷりと詰まっている。

梅の実はまだ青々としたものから、黄色く完熟したものまで色とりどりだ。

初夏らしい瑞々(みずみず)しい色だと思う。

仕込むのは大変だとわかっていても、珠はこれだけ美しい実ならさぞ美味な梅干しになるだろうとわくわくした。

ただ、思わぬ協力者に困惑することを除けば、と珠は最後の籠を運んでくれた銀市をちらりと見る。

銀市は、籠ごとに青梅と完熟梅が選別されていると気づくと不思議そうにしていた。

「いつの間に分けたんだ？」

「銀市さんが取ってくださる間に、家鳴(やな)りさん達が分けてくださったんですよ」

珠の言葉に、天井の梁(はり)や柱の陰からからからきしきしと体を打ち鳴らす音が響く。

この屋敷(やしき)に住み着いている家鳴り達は、銀古の家鳴りよりも数は少ないが、手伝いたがりなのは変わらなかった。

声をかけてお願いしたら手伝ってくれたのだ。

銀市は金の瞳でゆっくりと瞬きながら、頭上の家鳴り達を見上げる。

彼と目が合った家鳴り達は狼狽(うろた)えたときの鈍い音をさせて、我先にと逃げ出した。

屋敷の妖怪達は、天井下(てんじょうさが)りのように銀市に慣れているものと家鳴りのように怖がるものと両方いる。

家鳴りにはあとでお礼を出そうと思いつつ、珠は次の仕事の準備をはじめる。

縁側にござを敷き空の籠を置いていると、銀市が傍らに座った。

「次はなにをするんだ。これだけの量を一人でどうにかするのは大変なはずだ」

銀市は明らかに次の作業も手伝う気満々だ。

なぜ積極的なのか、珠は戸惑いながらも竹串を取り出す。

「え、えっと水洗いしたあとに、この梅のへたの部分をほじって取るんです」

これが梅仕事の一番地味で膨大な作業だ。

珠が簡潔に説明すると、銀市は細い串と、大量の梅を交互に見てから真顔になる。

「君は普段から人に助けを求めろと言われないか」

「は、はい、かなり……。この作業は結構時間がかかるので、手伝ってくださるととても助かります」

はにかみながら言うと、銀市は毒気を抜かれたようだった。

前回、銀古で梅仕事をしたときに、家鳴り達はうまくへたを取れずに梅を傷つけてしまっていた。こちらの家鳴り達はあまり家事に慣れていないからより難しいだろう。

だからこれは珠がすべてやるつもりだったが、銀市なら大丈夫だ。

たっぷりの水で梅を洗い、珠がふきんで水気を取った梅を、銀市がへた取りすることになった。

青梅のほうは、水に浸してあく抜きが必要なためもう少しあとの作業だ。

梅の割れ目にあるへたに串を刺し、てこの原理でほじっていく。

二つ三つやると、銀市はコツを摑んだらしく手際よく作業をしてくれた。

日差しは暑いが、吹き込む風は涼しく、穏やかに流れる時を邪魔することはない。

梅を拭き終えた珠もへた取りに参加すると、銀市が出し抜けに言った。

「梅はずいぶん採れるものだな」

「そうですね。あの木は今年、表年だったのかもしれません」

銀市が話の先を促している気がして、珠は以前の勤め先で聞いた話を披露する。

「梅にはたくさん採れる表年と、不作になる裏年があるのだそうです。どんなに豊作の木でも、必ず休む年があるから、たとえ不作だったとしても安心して待つようにと」

「つまり、あの木は去年の分まで実らせたのだな」

「かもしれませんね。せっかく実ったものですから残りも収穫したいのですが、さすがに漬けきれないので残念です」

銀市は目を細めて、まだ実が半分は残っている梅の木を眺める。

その横顔に、珠は懐かしさを覚えた。

かつて銀古で梅仕事をしたときも、こんな風だった。

静かで、穏やかで、寄り添うようで。何気ない言葉を交わすこの時間がずっと続けばいいのに、と思った記憶がある。

梅のへた取りは地味な作業なのに、そのときの銀市は終始楽しそうだった。

ただ、どこか懐かしげだったのが印象に残っている。

当時は心地よい空気を崩すのが惜しくて黙り込んだけれど。

今の銀市も、似た表情をしている。

理由を聞いても良いだろうか。でも、どうやって？

珠が迷っていると、ふいに銀市と目が合った。

どきりとして、珠はへた取りの手が止まる。

「君はなにをためらっているんだ。時折言葉を呑み込んでいるだろう？」

気づかれてしまっていたのか、と珠はさぞ不審な態度を取っていただろう自分が恥ずかしくなる。

「すみ、ません、銀市さんについて聞きたくて。でもうまくきっかけが摑めずにいたんです」

火照る頬がいたたまれずに珠が顔をそらすと、銀市が意外そうにする。

「俺のことなど、聞いてどうする」

「知りたいだけでは、だめですか……？」

記憶を取り戻し、銀市に帰る意思を持たせることも大事だ。

けれど一番の理由は、珠が知りたいからだ。

珠と会う前の彼が、どのような時を過ごしていたのか。

人の〝今〟には、その人の過去も関わってくる。

狂骨の変質も、瑠璃子の出奔も、御堂の親切の理由も、すべて彼ら、彼女らがそれぞれに過ごした時と過去が深く関係していた。

一見突拍子がなくとも、積み重なった経験と思いが行動させたのだ。

だから、銀市の過去が知りたい。知って、彼の行動の理由を確かめたい。

おずおずとうかがうと、銀市は小さく息を吐いた。

珠はそのため息に安堵が含まれている気がした。

「たとえば、どんなことだ」

その言葉は、聞いても良いという姿勢にしか思えなかった。

急に降ってきた好機に珠は狼狽えるが、直前に考えていたことを思い出す。

「どうして、梅仕事を手伝うと言ってくださったのですか」

まずは、と思った質問に、銀市は面食らったようだ。

「君が大変そうにしていたからだが」

「確かに助かりました。ただ、それ以外にも理由があったのかな、と」

銀古にいた銀市も、珠が驚くほど積極的に手伝ってくれた。

目の前の銀市は、自身の持つ梅と竹串に目を落とす。

その姿はまるで自分の心を探るようだと思った。

「一度してみたいと思ったから、かもしれない。昔、豊房に手伝えと言われたことがあったが、そのときは決まりが悪くて、断った」

珠は先ほど銀市が「稀(まれ)に豊房が収穫して梅酒を漬けていた」と話していたのを思い出す。そういえば、今朝の豊房も、梅酒をたしなんでいたと語っていた。

「決まりが悪かったのですか」

したくないから、ではなく、決まりが悪いというのを不思議に思った。

珠の率直な問い返しに、銀市はなんとなく言いにくそうに答えてくれた。

「普通の人間がするようなことを、人間ではない俺がするのが異質な気がした。自分が交ざれば、完璧で穏やかな空気を濁してしまうのでは、と。……だが、そのとき断ったことが妙に心に残っていたから、どんなものか試してみたくなった」

銀古で梅仕事をしていた銀市も、このように考えていたのだろう。

珠にとって梅仕事は、日常の延長のなんてことのない家事の一つだ。

けれど、銀市にとってはためらうほどのなにかがある行為だったのか。

「試してみて、どうでしたか」

「そうだな……」

恐る恐る珠が聞くと、へたを取った梅をもてあそびながら、銀市は口角を緩めた。

「気構えていたのが少し馬鹿らしくなった」

穏やかな反応に良かった、と安堵しつつ珠は別の梅を手に取りながら、次の質問をしてみた。

「豊房さんとは長いお付き合いなのですか」

銀市は妖怪、人間双方と距離を置いている。

その態度が和らぐのは豊房の前だけだ。

豊房が妖怪を見て親しく付き合う人物だからというだけではない。今の銀市が側にいることを選んだというだけでも、特別な存在なのは充分に感じられた。

「そう、だな。俺がこの町に来てからだから数十年にはなるか。人の友人としては一番長い」

そんなに長いのか、と驚いた珠は、あれとなにか引っかかる。

今朝、銀市と豊房が同年代だと知って驚いたことを思い起こした。

確かに若い頃に豊房と出会ったのであれば、数十年と称せるだろう。

だが、銀市の言葉にはもっと多くの重みのある年月を感じたのだ。

しかしその引っかかりを探る前に、懐かしむような銀市の表情に惹かれた。

「妖怪に襲われていたのを、仕方なく助けてやったのがきっかけだ。なのに豊房は、俺の姿を見て、開口一番『描かせてくれ』と言ったんだ。奇妙な人間でしかなかったな」

珠は、豊房の気持ちはよくわかると思った。

誰かを助けるときの銀市は、その銀色の髪も、肌に微かに浮く鱗も、金のまなざしも、この世のものではないほど美しい。珠に風流な才能はないが、もし絵が描けたらこの一瞬を描いて残したいと願っただろう。

特に三好邸で見た彼の龍の姿は、地上に戻しても良いのかと迷うほどの神々しさすら感じさせた。

豊房が残そうとした結果が、掛け軸の絵だったのかもしれない。

「豊房は、人も妖怪も分け隔てなく接する。そのせいでやっかいごとを抱えても面白がってけろっとしていたものだ。俺は呆れたんだが、あいつのまわりには、あいつを慕う人も妖怪も多く集まった」

「その光景は、想像できる気がします」

珠は籠に梅の実が転がる様を見ながら思いをはせる。

きっと、豊房も梅仕事をするときは、妖怪も人も集めて、賑やかにしゃべりながらせっせと手を動かしたのだろう。

冗談を言い合い、その日に起きた何気ない出来事を語り、笑う。

豊房は遠くから眺めていた銀市を見つけて、呼び止めるのだ。

『こっちにきて、手伝ってはくれないか』と。

それは、今とはまた違う、眩しくも穏やかなひとときだっただろう。

珠と同じように手を止めて、縁側を眺めていた銀市は目を細めた。

「豊房はなにが面白いのか、俺をその輪に入れようとしてきたんだ。あいつは決まった家を持たない俺を探し出しては、なんでもない用事に付き合わせた」

言葉こそ素っ気なかったが、銀市は微かに笑っている。

「たとえば、どんなことですか」

「そうだな……納涼だと言って、河童の相撲大会の行司役にかり出されたな。最終的には俺まで相撲を取らされて、余計に暑かったから豊房に酒をおごらせた。だからか今でも河童達は季節の魚を供えに来る」

へ、と珠はぽかんと見上げるしかない。

興が乗ったのか、銀市は次々に逸話を披露してくれた。

「豊房の画題を探しに、天狗の総本山へついて行かされたこともあった。そのときは、天狗の大将に見込みがあると言われて、山ごもりをさせられるはめになったよ」

天狗の大将と聞いて珠の脳裏にひらめいたのは、銀市が会わせてくれた気の良い天狗だ。

「もしかして、古峯坊様ですか」

「知っていたのか、そうだ。御坊のお陰で一通りの武芸は身につけられたが、さすがに長すぎたから、天狗の配下を全員打ち負かして免許皆伝にしてもらったさ。一方豊房は天狗相手に毎日宴会をしていたな」

やれやれと肩をすくめる銀市に、珠は感心するしかない。

銀市が不在の銀古を守ってくれた天狗達は、けして弱いわけではないことを知っている。だからこそ、彼ら全員を打ち負かした銀市の強さを実感した。

「すごい、ですね」

「……今では、さすがに若気の至りだったと思っているよ」

気恥ずかしげに視線をそらした銀市は、ごまかすように続ける。

「他にも、短歌、俳諧、芝居、華道、茶道……娯楽という娯楽には連れ出された。今思えば、生きることに執着を持たなかった俺に、現世への興味を持たせるためだったんだろうな。それにしても、あいつは面白がっているだけだったが。その気負わない距離感が、だんだん心地よくなっていた」

銀市はまたへたの取り終わった梅の実をころん、と籠へ転がした。

ふっくらとした黄色みをおびた実は、すでに数え切れないほど積み上がっている。

「そんなとき、町に悪質な妖怪が現れた。ありとあらゆる恐怖を糧に強大になる存在だった。だから俺は本性に戻ってやつを追い払って、町から離れたんだ」

「どうして、離れたのですか。町は居心地がよかったと、今……」

さも当然のように、別れを語る銀市の考えが理解できなかった。

珠は話の腰を折るとわかっていても聞かずにはいられない。

銀市は気分を害した風もなく、ただまなざしは寂しげにした。

「俺が化け物だからだ」

声を荒らげるわけでもない言葉は静かで、重苦しいまでの諦念があった。

「妖怪でもないくせに姿を変え、周囲に暴威を振るう。人でもないくせに、人の感情に振り回される。どっちつかずの俺は、本性を現せば恐れられるんだ。今と同じ関係を続けられるわけがない。なら自分から去るほうが気楽だった。この町に来るまではずっとそうしてきた」

化け物、人ではないもの。

人でもいられず、妖怪にもなりきれない。どっちつかずのもの。

銀市は、自分のことをそのように、思っていたのか。

ただ穏やかな表情で佇む銀市しか知らなかった珠は、息を呑むしかない。

「そもそも、俺は本性に戻れば、制御が利かない。力尽きて地に落ちるまで空を駆け続ける。妖怪を追い払ったあと、見知らぬ土地で目覚めたとき、これで終わったと思った」

そこで、銀市はふっと目元を和ませる。

「だが数日後、豊房がごくあたり前に現れた。なぜ、と聞くと、こう言った」

『俺は君の友人だろう？』

『迎えに来たぞ』と以前と変わらずに言って……少なくとも豊房は俺を恐れないと、認めるしかなかった」

銀市の手から梅がころん、と籠に移される。

積み上がっていく梅は、まるで豊房が銀市に与えた心のようだと珠は思った。

豊房は銀市という器に、一つずつ小さな実を入れていき彼の孤独を満たした。

人にとっては途方もない時間をかけて、銀市を変えていった。

生半可な覚悟でできることではないだろう。

彼らの過ごした時を思うと、珠は苦しいような切ないような気分になった。

「だから、町に戻ってこられたのですね」

「まあ、町に帰っても俺を恐れる妖怪や忌避する人間のほうが多かった。それでも徐々に関わってくれるものは増えた。それに、豊房に言われたんだ。『君ほど人の間にいられる者はいない。人と共に生きたほうが良い』と」

銀市が見つめたのは、自身の手の甲だった。

白い肌には、螺鈿（らでん）のような光沢を持つ鱗が数枚浮かんでいる。

彼はその鱗を隠すように撫でた。

「ひとりは寂しい、と気づかせたのは、豊房だった。だから『人として』生きると決めた。今も、これからも、人と妖怪の隣人で居続けるために」

穏やかに、決意を込めて銀市は語った。

銀市の半生と、豊房の多大な影響を知り、珠は圧倒された。彼が心を砕いたからこそ、今人と妖怪は少しずつ歩み寄りはじめている。

なのに銀市はまつげを伏せて金の瞳を寂しげにする。

「……ただ、どうしてだろうな。あの頃と今となにも変わっていない気がするんだ」

珠は呆然と銀市を見つめるしかなかった。

ひとりは寂しい、と彼が言ったことも衝撃だった。彼が孤独を感じていた過去があったとは思ってもみなかったからだ。銀市の側にはいつも多くの妖怪や誰かがいたから。

銀市の指す〝今〟がいつのことかわからない。

けれどもしかして、珠の知る銀市も、寂しいと感じていたのだろうか。

そう考えたとき、珠の胸に一筋のもやが残る。

まるで、銀市の言い方は「人でなければならない」と思っているようだ、と。

「ところで。俺がこれだけ答えたのだし、君にも聞いて良いだろう？」

自分の思考に囚われかけていた珠は、銀市に話しかけられて、現実に引き戻される。

「え、ええと。私に答えられることがありますか」

「なぜ君は、妖怪と自然に付き合える？」

思ってもみなかった問いに、珠は瞬いた。

「君は天井下りにも驚かないし、家鳴り達にも仕事を頼める。人にとっては明らかに異形の女郎蜘蛛にすら、あたり前のように礼を言っていた。君のような妖怪が〝見える〟人間は、良くない目に遭ってきたはずだ」

珠は銀市の表情に、微かな心配がある気がした。

この銀市は知らないのだ。

珠がすべてどうでも良いと思っていたからこそ、自分に降り掛かる事柄に無関心だったのも。わけもわからないまま泣く珠に、銀市が寄り添ってくれたことも。

つきり、と珠の胸が痛み、手が滑った。

手から落ちた梅がころんと転がっていくのを、珠は慌てて追いかける。

縁側から落ちる前に受け止めた珠は、少しだけ落ち着いた気持ちで銀市に答えた。

「確かに、私も大変な目に遭ったことがあります。けれど妖怪さんも、彼らなりの道理で生きているのだと教えてくださった方がいたのです」

妖怪達の多くはなにかしらの形で、人に存在を認められることで生きている。

だから、いたずらや恐怖をもたらして、人の気を引く。

そんな彼らの性質を理解して、うまくお願いすれば、妖怪達は喜んで手伝ってくれる。

――これらを教えてくれたのは、銀市だ。

その言葉だけは呑み込んで、珠は銀市を見つめた。

「人も妖怪と同じように悪いことをしますし、妖怪も人と同じように他者を思う気持ちがあります。私も大蛇の贄にされかけたり、妖怪に食べられかけたりしましたし……」

「待て、贄だと。それで、妖怪を恐れないのか」

銀市に目を丸くされるのも懐かしいと、目を細めつつ。

今の問いは、あの特別房でされた問いに似ている気がした。


〝今の俺は、怖いだろう？〟


珠の体には、震えも、動揺も、まだ鮮明に残っている。

あのとき珠は、動揺と混乱と恐怖を覚えたはずだ。

ただ珠が心の中を探ってみても、今の銀市は……怖くない。

不思議だった。ではあのときの感情は一体なんだったのだろう。

しかしまずは銀市の問いに答えるのが先だ。

気を取り直した珠は、銀市を見据えて頷いた。

「はい、怖くありません」

銀市はへたを取る手を止めた。

なんと反応して良いかわからないと途方に暮れるような沈黙のあと、眉尻が下がる。

「君は、豊房のように奇妙だな」

ひとまず、納得してくれたようだ。

ほっとした珠は、銀市がぽつりと呟くのを聞いた。

「……ただ、それは、害がない妖怪だからだろう。人に対して脅威なら、結局は一人でいるしかない」

その声音はひどく寂しげだった。

頑なさすら感じさせる空気に、珠はようやく、銀市の言動への疑問が腑に落ちた。

妖怪と人、双方に心を砕いているのに、そこに銀市自身が入っていないのだ。

銀市は、己が化け物であると、語った。

だから、人であることにこだわっている。

人でなければ、人の輪に入ってはいけないと思い込んでいるのだ。

そこまで思い詰めなければならない理由は、なんだろうか。

しかし、珠はこれ以上聞けなかった。

なぜなら、話をする銀市は傷ついた顔をしていたからだ。

まだ生々しい痛みがあるものなのだと珠にすらわかってしまったから。

珠は思い悩みながら、次の梅に手を伸ばす。

最後の一個だったようで、先に取ろうとした銀市の手の甲に指先が当たった。硬質で、磁器のようにひんやりとした滑らかな手触りだ。

そういえば、彼の鱗には今まで触れたことがなかったと、珠が思う。

すると、銀市の手がまるで恐れるようにびくりと震えた。

珠が銀市を見ると、彼の金の瞳が動揺に揺れている。

ようやく珠は異性の手に触れてしまったことに思い至った。

頬がかあと赤くなる。

「ごめんなさいっ鱗は見た目通り滑らかで……なんでもありません！」

動揺でつい素直な感想を口走ってしまい、珠はますます狼狽えて手を引っ込める。

じんじんと痺れたように主張している指先を、もう片方の手で包み込む。

心臓も自分のものではないようだ。

銀市の視線が無性にいたたまれなくて、珠はぱっと立ち上がる。

「手伝ってくださって、ありがとうございました。つ、次の作業の準備をしてきますね」

くるっと振り返った珠は、飛び上がりそうなほど驚いた。

背後に豊房が立っていたからだ。

「豊房さん⁉」

「おう、驚かせて悪かったな。にしても、梅仕事がはかどってるじゃないか。いいねえ楽しみだ。梅酒も漬けてくれるのかい？」

「はい。ただ梅酒は青梅で漬けるのが良いので、明日に持ち越そうかなと」

「ほう、まだ体力は残っているかい？」

「え、ええとはい」

「なら花火を見に行かないか？」

豊房の思わぬ提案に、珠は目をぱちくりとさせる。

「今日近くの川で花火が打ち上がるのさ。珠ちゃんは花火は見たことあるかい？」

「いえ、ありません。以前は勤め先の同僚が出かけて行くのを見送るばかりでしたし」

珠が言うと、豊房はにんまりとした顔になる。

「なら一度見とくのはありだぜ。今から歩けば間に合うから、納涼としゃれ込もうじゃないか」

豊房は、よく見るとすでに紺地に高麗屋格子の浴衣姿だ。

本当に行く気満々で出てきたのだろう。

珠は今にも出て行かんばかりの彼に狼狽える。

花火について知っているのは、大きな音をさせて光がはじけることくらいだ。

興味がないわけではないが、視界の端に梅の山が見えている珠は困ってしまう。

「そのですね……」

珠が答えあぐねていると、最後の梅を串でへたを取り、ころりとざるに転がした銀市が言った。

「豊房、君が狙われているのを忘れてはいないか。拝み屋達が現れたらどうする」

確かに郊外に移り住んでいるのは、身の安全のためだ。

しかし豊房は眉を上げて平然としている。

「あいつらの目的はあくまで俺の絵さ。そもそも堅気の人間に手を出したらあいつらだって裁かれる身だ。むしろ大勢が集まる場所に行くほうが安全じゃないか。それに花火はその日そのときにしか見られないとっときの風流だ。俺はなんとしてでも見に行くぜ」

「ああ言えばこう言う。仕方ない俺も付いて行くからな」

頭が痛いとばかりに額を押さえる銀市に、豊房は嬉しそうにする。

「さすが我が友！　さ、珠ちゃん準備して行こうぜ」

豊房と銀市に視線を向けられた珠は、未知の体験にふわりと嬉しくなる。

彼らは突然現れた珠を、仲間はずれにはしない。

良い人達だ。と思う。それでも譲れないものはあるわけで。

「その前に、梅を塩漬けにさせていただいても良いでしょうか？」

申し訳なく、けれどきっぱりと珠が言ったことで、彼らは処理が終わった大量の梅の存在を思い出したようだった。

＊

三人で家を出て歩くうちに、太陽はどんどん西へと落ち、あたりは暗くなっていく。それでも暗くなりきる前に、行灯の明かりがそこかしこに灯る町中にたどり着けた。豊房と銀市が手伝ってくれたことで、手早く梅を瓶に漬け終えた珠達は、着替えて花火見物に来ていた。

珠は藍染めの紗の長着を選んだ。全体に白抜きの大ぶりの桔梗が咲いているのが清楚で華やかだ。そこに赤に黄色い格子の入った帯を締めている。

足元は素足に下駄履きだ。赤い鼻緒が花を添えていて、歩くたびにからり、ころりと涼しげな音を立てる。牡丹の花は、涼しく結い上げた髪に挿してあった。

町の中心に近づいて行くごとに、通行人が増え、通りが賑やかになっていく。

川辺らしき場所に着いたときには、目の前の豊房すら追うのが一苦労になっていた。

これほど多くの人が集まる場に来たことがない珠は、目を白黒させるばかりだ。

「この人達は全員、花火を見に来たお客さんなんでしょうか」

「おう、夕涼みにはもってこいだからな。安心しな、知り合いの家の二階を借りることになってるから、花火はゆっくり観られるよ」

これでは観るどころではないと思っていた珠は、豊房の話に少し安心する。

「さあて腹ごしらえに、屋台で食いもんを買うぞ。全部俺のおごりだから安心して好きなもんを選びな！　さて酒は忘れないようにしなきゃな」

豊房は言うやいなや、人混みにも怯まず悠々と飛び込んでいった。

「豊房さんっ待ってくださ……あっ」

珠は豊房を追いかけようとしたが、すれ違った通行人に体を押されて体勢を崩した。

転ぶと身を固めた珠は、肩を抱かれて強く引き寄せられる。

支えてくれたのは銀市だった。

彼もまた涼しげな装いをしていた。長身に水の渦を表現したという観世水文様が染め抜かれた藍の浴衣をさらりと身につけ、白い博多帯を締めている。足元は素足に白木の下駄を引っかけていた。

銀の髪が深い藍色に良く映えて、珠はきれいだな、と思う。出店にぶら下がる提灯の明かりできらきらとするのは、いつまでも眺めていられそうだ。

一瞬目を奪われた珠は、銀市に受け止められたことにようやく理解が追いついた。

鼓動が一気に速まる。

「ご、ごめんなさい、助かりました」

　羞恥のあまり離れようとしたが、再び通行人に押されてよろけてしまう。

　また支えられてしまい、自分のどんくささにますます恥ずかしくなる。

　近づいた銀市からは、なじみ深い薄荷に似た煙草の香りがした。

　耳の熱さが暗がりで見えませんようにと珠は祈る。

　しかしこのままでは豊房に追いつくどころではない。

　どうしようと珠が考えていると、珠を一旦解放した銀市は左手で珠の右手を取った。

　大きな手に、珠の小さな手がするりと包み込まれる。

　とくん、と心臓が跳ねた。

　珠が勢いよく顔を上げると、影になって一層感情の読めない銀市と視線が絡む。

「これなら、はぐれることもないだろう。この人混みなら、誰も気づきはしない」

「で、ですが」

　確かに、手をつないでいたら見失わないだろう。

　けれど銀市の体温を感じる距離に狼狽えてしまう。

　珠がためらいを見せると、銀市の金のまなざしがふっと伏せられた。

「無理強いはしない」

　とたんに、摑まれた手の力が弱められる。

嫌だ、と思った。

珠はとっさに追いかけて握り返す。微かな力だったが、彼の手はそれ以上離れていかなかった。

行動してから自分のしたことに理解が及び、銀市の顔を見られない。

少しでもこの心臓の高鳴りが収まってほしいと、片手できゅっと胸元を握る。

それでも、これだけは伝えなければと、か細く声を絞り出した。

「……ついで、いたいです」

狼狽えてしまうけれど、胸が騒いでしまうけれど。できるなら離れたくない。

長い沈黙のような気がしたが、実際はきっと一瞬だっただろう。

銀市は無言で握り直すと、歩きはじめた。

手に引かれた珠も、少し遅れて追う。

とくん、とくん、と心臓が鼓動を打つ。

うるさいほどの雑踏にもかかわらず、珠の耳には自分の心臓の音が鮮明に聞こえた。

握られた手から目が離せない。

銀市は男性で大柄なのだから、珠の手がすっぽりと包まれてしまうのも当然だ。

あたり前のことなのに、なぜか意識してしまう。

体がふわふわと浮き上がるようで、落ち着かないのにこのまま続いてほしいような気持ちになった。

銀市の顔は見えない。今の彼はどう感じているのだろうか。

珠が彼の背を見上げたとき、豊房の声が聞こえた。

「おう、二人ともようやく追いついたか！　とりあえず一通り買っておいたぞ」

珠ははっと我に返る。

見るといつの間にか豊房に追いついていた。

豊房はすでにかなり満喫した様子で、イカ焼きや鰻（うなぎ）の串、竹皮の包みなどを山ほど抱えている。当然のように酒が入っているらしき貧乏どっくりもぶら下げていた。

「よくそこまで持てたものだ」

呆（あき）れた顔で言う銀市は、さりげなく珠の手を離した。

大きな手が離れていくと、急に右手が寂しくなった。

珠は銀市の手を名残惜しく目で追っていることに気づいて赤くなる。

あくまではぐれないようにするための行動なのに、一体なにを考えていたのか。

火照る頬を冷まそうと密（ひそ）かに顔を手で扇ぐ珠は、ふと屋台と屋台の間にある路地の暗がりが色濃くなった気がした。

同じく異変に気づいたらしい銀市が、即座に珠と豊房を庇（かば）うように動く。

三人が見つめる先で暗がりからぬるりと現れたのは、全身毛むくじゃらの体に腰蓑（こしみの）を着けた妖怪達だった。

珠は彼らが山童だと思い至る。銀古に職を求めてきたことがあるから、覚えていた。

山童達は一つ目を弱り切ったようにしょぼしょぼとさせており、明らかに困っている風だ。

警戒した銀市も予想外だったようだ。

大通りでは人目を集めてしまうため、全員で路地裏へ移動する。

「山童達、なにがあった」

声を潜めた銀市が問いかけるなり、山童達は口々に語り出す。

話を聞いているうちに、銀市の表情は徐々に険しくなっていった。

「……花火を見に来ただけなのに、拝み屋達が追い払おうとしてくると。話が本当なら、その拝み屋は約定を破っているな。末端までは妖怪と土御門の和合について周知がいき届かないのは仕方ないか」

珠が傍らで聞いていても、かなり逼迫した状況のようなのは察せられた。

拝み屋、というのはここに来てよく聞く存在だ。

彼らは古くから人に害なす妖怪達を封じ、狩る人間達のことだと、灯佳からは聞いていた。神社の娘であり、御霊鎮めの祭りを手伝いに来ていた巫女、沢田伊吹も拝み屋の部類にはいるらしい。

だから珠にとっては、妖怪にまつわる問題を解決する人間、という印象だった。

ただ伊吹は妖怪と一線を引きつつも比較的友好的だったが、この時代の拝み屋は妖怪と敵対しているようだ。

初日にも、銀市と豊房は龍が出る前に拝み屋に襲われていたし、銀市もたびたび拝み屋に対し交渉に出ている。

それでも「約定」というのははじめて聞いた気がした。

大通りからこぼれる微かな明かりでも、疑問に思う珠の表情が見えたようだ。

豊房が小声で教えてくれた。

「約定ってのは、新たな時代になっても、人と妖怪が争わないように定めた約束ごとだよ。簡単に言えば、妖怪がむやみに人間へ危害を加えない代わりに、妖怪を不当に扱う人間を取り締まる」

「つまり、山童さん達の話だと、その拝み屋さんは、良くないことをしているのですね」

珠が納得しているうちに、山童達に対する事情聴取が終わったらしい。

「お前達の言い分はわかった。それは見過ごせないが、今は……」

眉を顰(ひそ)めた銀市は、珠と豊房を案じる顔で振り返る。

おそらく珠達を連れていくか悩んでいるのだろう。

銀市の今の使命は、豊房を守ることだ。しかし弱い立場のものを見捨てようとはしない。

珠も足を引っ張らないようにしたいが、どうすれば彼の憂いを取り除けるだろう。

珠が悩んでいると、隣に来た豊房が朗らかに言った。

「なら俺は珠ちゃんと先に世話になる家へ行っているよ。いつも茶を飲みに行く家だ、君もわかるよな」

「川獺の家か。あそこならある程度のことは対処できるし安全だろうが……」

それでも銀市はなぜか逡巡する。

ならばと、珠も豊房に便乗した。

「大丈夫です。豊房さんとお待ちしておりますね」

「鮎の塩焼きとかも用意しておくからな！　早く解決してこい」

豊房の気遣いに、銀市はそれでもなお珠を案じるように見つめる。

珠が不安そうに見えたからためらっているのだと思っていたが、この反応だと違ったようだ。

ではなにか？　と珠は銀市を見返したが結局わからなかった。

銀市は、諦めたように目を伏せると豊房に言った。

「わかった、では先に待っていてくれ。問題を解決したらすぐに戻る」

そうして、銀市とは別れることになったのだった。

着いたのは店が立ち並ぶ一角の、二階建ての家だった。

ただ妙に暗く沈んで感じられ、その家の前だけ人も避けて通っている。

「ここは妖怪のたまり場になっていてね。彼らがさんざん脅し回った結果、誰も近寄らなくなったってわけさ。おーい川獺いるかー！」

豊房が戸口を開いて中に呼びかけると、間もなく現れたのは、銀古によく来ていた川獺の翁（おきな）だった。珠が知るのは法衣（ほうえ）姿の彼だったが、この世界では町民らしく着物を着流している。

豊房は川獺の姿に驚くこともなく、気やすく手を上げた。

「上を貸してもらうぜ、これが君への手土産だ」

「豊房よ。相変わらず奔放だのう」

呆れながらも、鰻の串焼きを受け取った川獺は許可してくれる。

珠は豊房に連れられるまま、二階にあるはしごから物干し台にたどり着く。

物干し台は視界を遮るものがないために、先ほどまで居た川縁（かわべり）の屋台通りまで見渡せた。

これなら花火もよく見えるだろう。

夜空の広さに一瞬見惚（みと）れてから、珠は反射的に銀市の銀髪を捜す。

銀市は後ろ髪引かれる様子ながらも、山童達と去って行った。

さすがに、もう銀市と別れて時間が経（た）っているから姿を見つけられるわけがない。

　わかっていても、胸に形容しがたい沈むような気持ちが宿る。

　珠が無意識に右手をきゅっと握りこんでいると、豊房にひょいとのぞき込まれた。

「銀市が居なくて寂しいよな」

「えっあ、ああの」

　図星を指され、珠が言葉に詰まる。

　そう、これは寂しい、だ。

　寒々しくて、強くなると涙が溢れてしまいそうになる感情だ。

　豊房は敷物の上に置いてある食べ物の中から、湯飲みに入った甘酒を渡してくれる。

「川獺がくれたんだ、まだ温かいぞ」

　夏に飲む甘酒は、暑さを吹き飛ばすための栄養飲料だ。

　一口飲むと、ぬるめで飲みやすく、珠の体の奥が少し緩んだ気がした。

「ありがとうございます」

「いいさ。銀市はイイ男だが、そのあたりの女心を優先できないから、見ているこっちがじれったくなるんだ。今回は手助けしてやろうと思ったが、むしろ逢い引きのお邪魔虫になったしなあ」

　逢い引きとは、男女が密かに会うことではなかったか。

　銀市の手に包まれた指先の感触が鮮明に蘇り、珠の顔がたちまち熱くなってしまう。

「そ、そのようなことは……豊房さんと一緒に来ているわけですし……」

うまく弁明ができずに、珠は消え入りそうな声でうつむくしかない。

豊房は軽く驚いたように瞬くと、なぜか焦った顔になる。

「君、そうか、それはますます野暮だったな！　悪かったね。俺も寝ている間に勘が鈍ってしまっていたなあ。……彼女もまだ無自覚とは、予想外だ」

「え、え？」

なぜか謝られてしまい、珠は目を白黒させるしかない。

だが豊房は理由を話す気はないようだ。

やれやれとばかりに頬を掻いた豊房は、手酌でぐい飲みに酒を注ぐと一気に呷る。

「まあともあれだ。銀市は最後の一歩を踏み出さないし、踏み入れさせないから、もどかしいだろう」

もどかしい、その単語は、今までの珠の気持ちにぴったりだった。

豊房もそのように思っていたのか。

珠が見ると、買ったものをつまみに悠々とぐい飲みを傾ける豊房は泰然自若としている。

まるでなんでも聞いて良いと言ってくれているようだった。

隣に居ても気構えさせない、ゆったりと安心させる空気感は彼の特質なのだろう。

珠も豊房と二人きりで待つことになっても、居心地の悪さは覚えない。

だから銀市は彼に心を開いたのだと珠は思った。

そういえば、こうして豊房とゆっくり話せる機会ははじめてである。

銀市の日中の言葉が脳裏をよぎった。

「豊房さんは、銀市さんに『君ほど人の間にいられる者はいない』とおっしゃったと聞きました」

「ああ、そうだな」

豊房は気楽に相づちを打ってくれたが、食べ物を選んでいた手を止めていた。

これからする質問に予感があったのだろうか。

「その言葉で、銀市さんは『人として生きる』と決めたのだと言っていました。豊房さんは、なぜそのように言われたのですか」

銀市が人であることにこだわっていると知って気になった事柄だ。

豊房の振る舞いを見ていると、彼は妖怪も人も分け隔てがないのはよくわかる。

同等に扱う彼が、なぜあえて銀市に「人の間にいられる」と語ったのか、真意を知りたかった。

珠の問いかけに、豊房は眉尻を下げた。

「やっぱり、あいつはそう解釈しているのか」

その表情が珠には心底弱り切っているように思えた。

豊房は酒を一口舐めると、すっと表情を引き締めた。

「確かに、そう話した。ただ俺は銀市が『人と共に生きたほうが良い』と思うが、人として生きろとは微塵も思ってはいなかった」

「……よかった」

珠は口からこぼれた言葉に自分で戸惑った。

唐突な感想に豊房も驚いたのだろう。目を丸くして見返される。

「すみません。なぜこのようなことを言ってしまったんでしょう……」

「いや、いいんだよ。いいんだ、君は銀市を本当に気にかけてくれてるんだなぁ」

狼狽えて謝る珠を制した豊房は、切なげに目を細めた。

「なぜ、銀市にそう言ったかだな。俺は人間だが、親しい人との別れが、心をすり減らすもんだと嫌ってほど知っている。だがすり減る心を癒やせるのも、人との関わりなんだ。人ってのは、どうしたって一人で生きるのに限界があるのさ」

雄弁な豊房の声には、深い実感が籠もっている。

珠は、この世界の人々は、決まった行動を取るものだと考えていた。

しかし豊房には不自然なところなど一つも感じられない。まるで本物の人間のように、自分の意思で語っているように思える。

だからこそ、彼が銀市をいかに大事に考えているかよく伝わってきた。

「元々銀としか名乗らなかったあいつに、俺は『銀市』と名前をやったんだ。あいつがこの町で暮らしていくと決めたのなら、市のように人も妖怪も集まってきて愛される存在になれってな」

「名前の通りの方になりましたね」

珠は、銀古で様々な妖怪や人に囲まれて過ごす彼を思い出す。

豊房の願い通り、銀市はそのように生きている。

この願いがあったからこそ、今の銀市が形作られた。

「だといいなぁ」

そう呟いた豊房は、ほんの少し笑んだが、すぐ悲しみをおびる。

「ただ、あいつは寂しがり屋のくせに諦めきっている。けどなまじ自分でしゃんと立てるもんだから、あいつが寂しがっているのに誰も気づかない」

まさか、と思いかけた珠だったが、自身にも心当たりがあることに気づいた。

珠が見てきた銀市は、しっかりとした頼もしいひとだった。

しかし梅仕事の最中に、銀市が話してくれた「孤独」に驚いたではないか。

「私も、銀市さんが孤独だったのだと打ち明けてくださるまで気づきませんでした」

自分でもわかるほど、珠の声は弱々しかった。

いつだって珠を守ってくれて、導いてくれる。大事な居場所をくれたひと。

珠のひどく鈍くなってしまった心の痛みに、真っ先に気づいて労ってくれた。

どれだけ救われたかわからない。

そうして優しくしてくれるたびに、「銀市を助けてくれる人が居るのか」と珠は微かに考えていたのに。

豊房は、そんな誰からも見えなかった銀市の孤独に気づいていたのだ。

珠は悄然とするしかなかったのだが、豊房は驚いた表情になる。

「銀市は、君にそこまで打ち明けたのか……」

こみ上げてくる痛みと悲しみに打ちひしがれていた珠は、豊房の呟きを聞き逃した。

珠が改めて豊房を見ると、彼は嬉しげに目を細めている。

「珠ちゃんのせいじゃないさ。自分から見せようとしないものを、他人が察することなんて、無謀にもほどがある。銀市は頑固者でちょっと格好つけたがりだからな。余計にだ」

いっそ突き放すような物言いに珠はびっくりして、感傷的な気分も吹き飛ぶ。

しかし、声音は優しくその印象通り豊房の表情は柔らかかった。

「とはいえだ。あいつの生は長い。自身で打ち明けられずとも、寄り添ってくれる人が現れるかもしれないだろう。けど、あいつが諦めて一人でいたら、そんな出会いなんざそうそうない。だから、あいつは人と妖怪の側で生きたほうが良いと思ったのさ。——俺はぁ、あいつを置いていっちまうからな」

置いていく。その言葉がなぜか珠の耳に残る。

それでも豊房がどれほど銀市について心を砕いていたか、珠はよく感じられた。

言葉の端々から、想いが伝わってくる。

「俺も、銀市に出会って世界が変わった。大半の人間は気づかない、だが確実にそこにいる不可思議で恐ろしくて面白い妖怪達と過ごせた日々は俺にとって宝物だ。俺の絵は間違いなく、あいつがいたから豊かになった。そんな広い世界に繋げてくれた銀市に、俺もなにかしてやりたいのさ」

豊房が珠を見るまなざしは「君も同じだろう？」と言っている気がした。

そうだ、珠もまた、銀市のお陰で広い世界を知り、様々な感情を取り戻せた。

少し恐れ多いかもしれないけれど、珠は豊房の気持ちがわかる。

性別も、立場も、できることも全然違うのに、豊房が身近な人に感じられた。

どきどきしながらも珠が頷くと、豊房は嬉しそうに破顔した。

豊房が銀市に対して人であることを願っていたわけではない、と明確にわかってほっとする。

しかし新たな疑問が湧いてくる。

「銀市さんは、なぜ執拗に龍であることを否定されるのでしょうか」

梅仕事のとき、町で暮らせない理由を銀市はこう言った。

〝俺が化け物だからだ〟

だから豊房に連れ帰ってもらったあとも、人として生きると決めた、と。

一応、筋は通る。しかし、豊房の意図には龍を否定する意味は含まれていなかった。

豊房の言葉は明確で率直だ。銀市も相手の話を聞かない性格ではない。

なのに、今の銀市は人でいなければいけないと思い詰めている。

どうして行き違いが生まれたのか。

すると豊房から笑みが消え、大きな後悔をあらわにしたのだ。

ずっと朗らかさを失わなかった彼の変化に、珠はどうしたのかと問いかけることもできずに固まる。

「……俺が、間違えちまったからだな」

珠は苦く呟いた彼に幾多の月日を過ごした末の、老成した気配がある気がした。疲れ果て て、取り戻せないものを振り返り、ただただ悔やむことしかできないような。

しかし、豊房は話す気がないようで、珠を見たときには表情を和らげていた。

「俺も全部知っているわけじゃあないんだがな。銀市が『人』にこだわるのは、『龍』である自分を厭う裏返しだ。あいつには今でも血を流す傷が、ここにある」

豊房は、とん、と自身の胸を指し示してみせる。

胸、つまり心の中だ。

銀市は、自分が龍であることを厭っていると聞かされて、珠は腑に落ちた。

思い当たる節はいくつもある。

珠を追い払おうとしたときに、龍であると強調し恐れるよう仕向けていた。

珠が鱗に触れようとすると、驚き恐れるようなそぶりを見せた。

「その傷は、ただの人に明かせば恐れられ、ただの妖怪からも理解されない。だからあいつは一人で抱えるしかなかった。――君にも、心当たりがあるようだな」

珠ははっきり覚えている。唯一銀市が泣き出しそうになった瞬間を。

〝このまま、側に置けば、いずれ、君を食う。俺は、そういう業を、背負っている〟

確かに、銀市は言っていた。いずれ珠は銀市を怖がるだろうから、共にはいられないと。

彼は言外に語っていた。

そのとき珠は、彼の瞳に人ではあり得ない熱を見た。

当時の混乱と震えが珠の体に蘇り、無意識に腕を抱きしめる。

豊房は珠の姿を見ながらも、言葉は止めなかった。

「銀市は、自分が人に忌避され、恐れられる化け物だという認識から逃れられない。だからこそ、人と普通に接するようになっても、一線を越えようとはしないんだ」

「人を、怖がらせたく、ないから？」

珠の呟きに、豊房は深く頷いた。

そうか。と珠は気づく。

今までどうして銀市は話してくれなかったのかと思っていた。

言えるはずがないのだ。

銀市の業は、人の身ではあり得ない衝動だ。

薔薇園で千疋狼に狙われていると知った冴子は、真っ青に怯えて震えた。

『でも、狼はひとを、たべて……っ』

そう語ったときの表情には恐怖の他にも、嫌悪とありありとした忌避感……おぞましさがあったのだ。

冴子の態度は、まさに「化け物」に対するものだった。

見えずとも妖怪に親しんでいた冴子でも、だ。

吸血鬼の事件で、吸血鬼の存在を知った渚も、同様の嫌悪感を隠せていなかった。

あたり前の世界で過ごした人にとって、人を食らう存在は人を脅かし暴威を振るう、あってはならないほどおぞましいものなのだ。

珠も管狐の件で実感している。自分の身を理不尽に害される感覚は、体の芯から凍ってしまうほど怖いものだ、と。

人としての心を持つ銀市なら、きっと珠よりも理解しているはずだ。

それだけではない。

「妖怪さん達には、銀市さんの悩みはわからない……?」

珠は震える声で確かめる。

できれば否定をしてほしいと祈るような気持ちだったが、豊房は驚いたように目を見張ったあと頷いた。

「人に非ざる者にとっちゃ、俺達が飯を食うのと同じくらいあたり前だからな」

珠は目の前が真っ暗になるような気分に陥った。

そう、妖怪の中では、さほど珍しくもない行為だ。

珠だって、妖怪から「食いたい」と投げかけられることは少なくなかった。

実際食われかけたこともある。

そのような妖怪達に銀市が衝動に対する忌避を語っても、不思議に思われるだけだ。

人には言えず、妖怪には理解されない想い。

銀市が抱える苦悩はそういうものだった。

自分の傷を見せれば、忌避され恐れられる。

珠の頬を、つう、と涙が伝った。

「……ッ」

人前で泣くなんて、みっともないとわかっていたが、止められなかった。

ああ、なんて自分は思い上がっていたのだろう。

他者に理解されない悩みがどのようなものか、珠は知っていたはずなのに。

村での珠はどれほど恐ろしかろうと、神にまつわることは喜ばなければならなかった。

祈るための器として、信者達の願いを微笑(ほほえ)んで受け取らなければならなかった。

病で倒れようと、「特別」な珠は誰にも助けてもらえなかった。

あの社では珠の心を、孤独を、苦しみを、理解してくれる者はいなかったのだ。

だから珠は心を鈍くし、ないものとしていった。

ただ望まれたことを叶(かな)えるための存在になり、すべてを諦めるしかなかった。

銀市も、そうだったのだ。

自分一人にしかわからない。わかってもらえない悩みと孤独を、他者に打ち明けられず
ただ抱えるしかなかった。

妖怪と人、双方に心を砕いても、そこに銀市自身が入っていなかったのは、まさに自分
自身がどちらでもないと考えていたからなのだ。

だが、それでも銀市は人と妖怪と共にあることを諦めなかった。

珠が鈍くし、ないものとした心を手放さず、生きてきたのだ。

涙をこぼす珠を、豊房は凪いだ表情で見つめる。

「君は銀市のために泣ける子なんだな」

「いいえ、私はなにもわかっていなかったのです。ただ背中を追うことで精一杯で……」

掛け軸の中からでも銀市が応えてくれたから、受け入れてもらっているのだと思った。

だから彼の記憶を取り戻して話し合いさえすれば帰って来てくれると、ある種楽観的に考えていた。

けれど、どれだけ自分の考えが甘かったか、珠はようやく理解した気がした。

あの特別房で、珠は銀市が最も厭っている龍としての衝動を掻き立てた。

長年銀市が苦しみ、苦悩してきたものを、暴いてしまったのだ。

銀市の抱える衝動は、珠自身が原因だ。

記憶を失ったのは、彼自身がすべてを諦めてしまったからでは？

珠にできることなど、はじめからなかったのではとすら思ってしまう。

堪えきれない涙がこみ上げかけたとき、豊房の声がした。

「所詮は他人。すべてわかろうなんざ傲慢だよ」

はっとした珠が見ると、豊房は意外に柔らかい表情をしていた。

だからだろう、突き放すような言葉にもかかわらず冷たさよりも優しさを感じた。

「なあ、君は銀市にとってどうありたい？」

唐突な質問に、珠がゆっくりと瞬(まばた)くと、豊房は穏やかに続けた。

「人は、他人だけじゃなく自分にすら知らんうちに嘘(うそ)をつくだろう？　本当はもう手に届く位置にほしいもんがあるのに、変わるのが怖くて、無理だと諦めるやつもいるくらいだからな。そんな他人様同士でだからこそ、誰かと共にありたいと願える誰かに会えるのは、それだけで奇跡だと俺は思うぜ」

奇跡という単語は、珠の心にしっくりきた。

珠は銀市と出会わなければ、銀古で安心を得ることも、人として幸せを感じることもなかった。間違いなく、珠は銀市に生かされた。

あの広い帝都の中で彼と巡り会い、銀市のためになにかしたいと考えるようになれた。

それは珠にとって紛れもなく世界がひっくり返るような奇跡だった。

同時にどんなに慕っていても、相手の気持ちがわからないというのもよくわかる。

「側(そば)に居たい、助けたい相手に出会っちまったら、やっぱり相手のためになりたいって思うだろう？　いっとう好きな相手をおもんぱかるのも必要だが、最終的には自分がどうしたいかだと俺は思うのさ。珠ちゃんはどうだい？　銀市について諦めちまいかけているようだが。ほんとにそれでいいかい？」

「……どう、とは」

他者ではなく、自分がどうありたいか。

奇跡以上のことを求めるのなら、そもそも指針などないのだ。

けれど、まだ体中に様々な感情がせめぎ合っていてわからなかった。

珠が目をつぶりかけたとき、頭上がぱっとまばゆく輝く。

夜空を振り仰ぐと、黄色みをおびた光は丸く広がっていた。

花火というのはこんなに大きいものなのかと思ったとたん、「ドンッ」という轟音（ごうおん）が一帯に響く。

軽い衝撃が体を通り抜けて、珠は硬直する。

これは雷ではないと理性ではわかっていたが、体に衝撃を感じるような音は、珠の苦手な雷雨の記憶を呼び起こす。

指先が冷たくなり、身がすくむのを抑えられない。

「かーぎやーー!!」

豊房が花火に気を取られていて、気づいていないのが幸いか。

だが再び光が夜空にぱっと咲く。

身構えた珠は、体に風を感じた。

花火が広がりきる前に、珠の目の前に人影が降り立った。

光に照らされた銀髪がきらきらと輝くのに、いっとき見とれる。

「銀市さん戻って……きゃっ！」

だがドンッと遅れて音が響いて、珠は反射的に首をすくめた。

戻ってきた銀市は、乱れた髪を手でざっ背に流すと、珠の傍らに膝をついた。

「大丈夫か」

銀市がそっと背中に手を当ててくれる。

その手から伝わってくる労りに、珠の体にゆるゆると安堵が広がっていく。

「銀市！　ずいぶん派手な登場だなぁ……と、珠ちゃんどうした」

突然戻ってきた銀市に驚いた豊房は、珠の様子がおかしいことに気づいたようだ。

珠がなんと告げるか迷うと、先んじて銀市が口を開いた。

「彼女は雷が苦手なんだ」

「なんだって!?　そりゃ悪かったな。怖かったら休んでいるかい？」

「もう大丈夫です、花火も見たいので」

珠が表情を緩めて見せると、豊房はほっとしたようだ。

未だに珠の傍らに居る銀市を感心するように見た。

「なるほどなあ、銀市がこんなに早く帰ってくるとは……珠ちゃんのためだったな？　いつそんな内輪の話をする仲になったんだい」

そうだ、この銀市は珠が嵐を苦手なことを知らないはずなのである。

珠も見ると、銀市は戸惑うように金の瞳を揺らす。

自分でもわからないと釈然としないような雰囲気だったが、やがて答えた。
「……そんな気がしただけだ」
片膝を立てて座り直した銀市は、それでも珠の傍らに居てくれる。
珠は胸が締め付けられるような昂揚を感じた。
覚えていなくても、銀市は珠を気にかけて大事にしてくれる。
いつだってそうだった。
珠が望むことは、銀市を苦しめてしまいそうで恐ろしい。
それでも、銀市が一人で去って行く光景を想像すると、深い悲しみに襲われるのだ。
珠はあの特別房でのひとときで、銀市の残した言葉を一つ一つ思い返す。
〝耐えられると、思ったが……無理だったな〟
〝このまま、側に置けば、いずれ、君を食う〟
珠に対する拒否の言葉ではあっただろう。
だが銀市が衝動にあらがおうとしていた証拠でもある。
本当は、そうありたくない、という。
なら……

〝今の俺は、怖いだろう？〟


この言葉は、珠が怖がることを一番に恐れていないか？

少なくとも銀市は、珠自体を厭っているのではないのだ。

珠はただの人で、銀市のような立派な人を助けられることなど、なにもないと思い込んでいた。

けれど、そうではないのだ。

たとえ銀市の望みとは異なっていたとしても、今の珠はどうしたいか。

──ようやく、心が定まった気がした。

豊房に様々な食べ物と酒を押しつけられていた銀市が、珠を見る。

どうかしたか、と目で訴える彼に、珠は微笑んだ。

ぱっと花火に顔が照らされる。

「私は、銀市さんの──……」

珠の言葉は、花火の音に紛れた。

案の定銀市は聞こえなかったようで、眉を寄せた。

「なんと言ったんだ」

「いえ、なにも。きれいな花火ですね。見られて良かったです。お酌をしますね」

珠は銀市のぐい飲みに酒を注ぎながら、心の中でさきほどの言葉を繰り返した。

(私は、あなたの心に寄り添いたい)

独りを選ぶ彼の側に居たいから。

……——そのために、銀市の問いの答えを見つけるのだ。

＊

夏の日差しが肌を炙るようだった。

相談を片付けてきた銀市は、井戸の側で諸肌を脱いで行水をする。

水を被ると、いくらか涼しくなるが、鬱々とした気持ちはあまり紛れなかった。

桶の水鏡に映る自分を見るともなしに見ながら銀市が考えるのは、一部の拝み屋達と金の龍のことだ。

最近、過激な思想を持つ拝み屋達から妖怪への一方的な衝突がますます増えていた。

豊房に描かれた妖怪達は、無意識にせよ意識的にせよ人々によって生かされたという想いがある。だから以前より人に友好的な者が増えた。

しかし拝み屋達の間で連綿と受け継がれた「妖怪は悪しきもの」という概念は強固だ。

　ましてや今は異国から黒船がやってきて以降世間が混乱している。

　それは妖怪達や拝み屋も同様で、船と共に現れるようになった異国の妖怪に神経を尖らせていた。

　おそらく、これから人の時代が来る。とてつもなく大きな波は人間達も制御できないほど荒ぶり、すべてを呑み込んでいくだろう。

　妖怪達も、拝み屋も在り方ががらりと変わる。

　変わりゆく時代の陰で、埋もれる者達の生きる場所を得るために、銀市は拝み屋達にも納得してもらいたかった。

　だからこそ、いたずらに不安を煽る金の龍は、人に非ざる者に属する自分が許してはならない相手だ。

　――それは、本当に龍だったか？

　ぐらりと、めまいに似た感覚が押し寄せてきて、銀市は頭からさらに水を被った。

　最近疲れているせいか、思考がぼんやりともやがかったように判然としなくなることがある。少し目をつぶっていれば良くなる程度ではあるが、頻度が増えていた。

　無意識に迷いがあるのかと、銀市は自分の意思をもう一度確認する。

「豊房に妖怪画図を仕上げてもらうまでに、俺は、あの龍を倒す」

　本能のままに荒ぶる龍は、銀市が最も忌避するものだ。

理性と正気を本性の自分へ明け渡せば、ああなると暗示されているようで。

だから自分は人であらねばならない。

そうすることで、はじめて他者と共に居られるのだから。

自分は食らった父とは違うのだ。

贄など求めない。必要としない。

――たとえ、自分の本性がどれほど父と似ていたとしても。

人というには異質な自分が映る水桶をひっくり返し、銀市は立ち上がった。

水分を適当に風で飛ばすと、「あ、」と残念そうな声がした。

振り向くと、珠が立っていた。

滑らかな頬に小さな鼻は愛らしく、黒々とした瞳には静謐さを感じさせる整った容貌だ。

青竹色と萌黄色が使われた格子柄の着物に、織りの帯を締めた地味な姿をしている。

それでも控えめに変わる表情ははっとするほど華があり、不思議と目が離せない魅力を匂わせる。

髪にいつも付けている大ぶりの牡丹の花かんざしがよく似合っていた。

珠は困ったように眉尻を下げ、そっと手に持つ手ぬぐいを下ろす。

「手ぬぐいが必要かとお持ちしたのですが……」

「……いや助かる」

風で水分を飛ばしても、乾ききるわけではない。

たとえ夏の今ならさほど時間もかからず乾くとしても、その気遣いを銀市が受け取ると、珠は小さくはにかんだ。

しかし、すぐ顔を赤らめて目をそらす。

その仕草で、銀市は諸肌脱ぎになっていたことを思い出した。

彼女の反応は、明らかに異性を意識するものだ。

この年頃の娘だったら珍しくない程度の。

にもかかわらず、銀市はなぜか奇妙な衝撃を受けた。

少し前まで幼子のようになにも知らず、まっさらだと思っていたのに。

……異性を意識するほど、感情が育っているのか。

喜びと罪悪感という相反する情動に心がざわめいて、銀市は動揺した。

「銀市さん？」

「……いや」

様子が変だと気づいたのか、珠に不思議そうに見上げられて銀市は我に返る。

着物に袖を通し直すと、珠はほっとしたように息をつく。

少し惜しいような気がする自分に困惑しながら、銀市は衿(えり)に入った髪を背に流した。

まだ湿り気はあるがすぐに乾くだろう。

そう考える銀市は、珠が銀髪を視線で追っているのに気づいた。

「どうかしたか」

「あの、髪は結われないのですか」

確かに今の時代は男でも髪を結うのが一般的だ。

総髪の者など限られた職業か、よほどの変わり者くらいしかいない。

銀市がどうして結わないかといえば、他者に触れられるのを好まないせいだ。

首筋には鱗(うろこ)が浮かび、髪は微妙に人のものと質感が違う。

自分が人と異なると明らかにわかる部分を晒(さら)すのが苦手だった。

ただ肌の鱗よりも珍しい髪のほうが、気づかれるにも幾分ましなため、鱗を隠せるこの髪型を選んでいたのだ。

文明開化のときには髷(まげ)が禁止されて密(ひそ)かに歓迎したくらいである。

と、考えたところで、銀市は違和を覚える。

――文明開化とは、一体なんの話だ？

その違和の正体を追いかけようとした銀市だったが、珠が逡巡(しゅんじゅん)しながら提案してきたことに思考を奪われた。

「お邪魔そうにされておりますし、私に結わせてくださいませんか」

「君が？」

はい、と頷く珠は微かに口元を緩める。

「髪を結ぶと、少しは涼しいかと」

本当にそれだけの厚意なのだ、と感じさせる表情だった。

銀市は、髪を上げることで首筋の鱗を晒すのを避けてきた。そう、説明するのも良いはずだ。

ただ、彼女の申し出に、銀市は不思議と忌避感が湧かなかった。

「なら、頼む」

そう返事をすると、珠は嬉しそうにはにかんだ。

日陰になった縁側で銀市が胡座をかくと、後ろで膝立ちをした珠が銀髪に櫛を通しはじめる。

彼女には少し硬質な髪の違和感も、水に濡れたことで浮かぶ鱗もわかっているだろう。

しかし、くしけずる手にはためらいがない。

縁側で梅仕事を手伝ったときもそうだった。銀市の鱗があらわになる手に触れた彼女は、普通の娘のように恥じらうだけだった。

奇妙なものや異質なものに対する反応ではなかったのが新鮮だった。

人前でこの鱗を見せると、たいてい忌避の色を浮かべたり表情を強ばらせたりする。そういうものだと悟っていたから、珠が平然としていたことが余計に心に残った。

だから、花火大会の雑踏で手を差し出してみた。

本当に恐ろしくないのか、確認するために。

珠は驚いたあとに、そっと手を預けてきたのだ。

小さく華奢な手が安心したように自分に委ねられたままでいることに、銀市は言い表せぬ充足感を得た。

彼女は、少なくとも今の銀市を恐れない。

そう、納得したのだ。

髪を一筋ずつ、丁寧に梳いていかれるごとに、軽く頭皮が引っ張られる感覚が銀市には奇妙だった。

なんとなく眠気を誘う感触だ。

「痛くはありませんか」

「大丈夫だ。……悪くはないものだな」

つい、言い添えてしまうくらいには、心地がよい。適当にしていたのが少しもったいないような気になった。

ほっとした気配と共に、珠が髪を梳きながら話した。

「こういうことをされると、気持ちが良いと、教えてくださった方がいたんです。私は母にもしてもらったことがなかったので、知らなかったんですけど」

　彼女もまたあまり恵まれた人生を歩んでこなかったとは、短くない時間を共に過ごして察していた。

　母親とも縁遠かったというのは、銀市の遠い記憶の底の古びた傷を微かに刺激する。

「俺もされたことはないな」

　無意識にこぼしていて、銀市は自分で驚いた。

　豊房にすらあまり話していない親の話を、わずかでもしたことにだ。

　案の定、珠も驚いたようで、髪を梳く手が一瞬止まる。

「銀市さんも、なんですか」

「人として必要なことは、大体豊房から学んだ」

　銀市が少しだけ話をそらしたのは、わかっただろうか。

　珠はそれ以上は踏み込んでこず、くすりと笑う。

「なるほど、なら銀市さんにとっての親は、豊房さんなのですね」

　さすがに看過できずに、銀市は眉を寄せた。

「俺とあいつは年齢がほとんど変わらないんだぞ」

　人である豊房と外見が変わらない銀市とは、いずれは親子ほどに外見の年齢に差が付くだろう。

とはいえ豊房は、足が弱っても目が衰えても、生き生きと絵を描き、酒を飲むこともやめなかったが。

——なぜ、彼の老年を知っている？

「なら、家族でしょうか。家族でしたら、血がつながらなくても想い合うなら誰とだってなれますよね」

珠の言葉は純粋に、そうだと信じる響きがあった。

ひたむきさが眩しいと思うと同時に、どこかで同じことを聞いた気がする。

どこでだったか。記憶をたどろうとしたとき。

銀市の脳裏に、祭り囃子が響いた。

雑踏から抱き上げた幼い子供が、瞳をきらきらと輝かせる様に一時の至福を感じた。

自分が彼女にしてやったことは、豊房が子供にしていた行為ばかりだ。

『このふうりんがあったら、音が鳴るたびにきょうのことを思い出して、たのしいきもちになれると思うんです』

そう言って、彼女は大切そうに巾着へ入れていた。

表情が乏しい彼女が、ここまで喜んでくれて充分に報われた気持ちになった。

彼女が大事なのは、自分達の……自分との記憶なのか。と、くすぐったくなったのが照れくさかった。精一杯親代わりをしてみせたつもりだったのに、逆に満たされたのは自分のほうだったのだ。

銀市はふと縁側の梁(はり)を見上げる。

風鈴の音を聞くたびに、彼女が喜びで微かに頬を染める姿があったはずだ。

今は静かだ。

「君が買った風鈴がなかったか」

「……ッ」

珠の櫛が再び止まった。

銀市の視界の端に映った彼女の瞳が、動揺に揺れていた。

「あると、言ったら。どうされ、ますか」

不安と期待が入り交じった表情に、銀市は手を伸ばしたい衝動に駆られる。

髪に触れて、頬を撫(な)でて、涙を拭って。

腕に包み込み、大丈夫だと語り、彼女が安らかになるまで寄り添えたら。

――化け物の自分が？

強烈な頭痛に襲われて、銀市は思わず頭に手をやった。

「っ銀市さん!?」

狼狽えた珠が、脇に身を乗り出した。
すぐに痛みは引いていったため、銀市は不安そうにする珠に首を横に振って見せた。
「いいや、なんでもない。続けてくれ」
珠はまだ銀市をうかがっていたが、大人しく作業に戻っていった。
間もなく銀の髪はすっきりとまとめ上げられ、髪紐で結び上げられていく。
「終わりました」
鏡を差し出されて、銀市は顔を見てみる。
首元が晒されていたが、風が通ると確かに気持ちが良い。
「涼しいな、ありがとう」
銀市が振り返って言うと、珠ははにかむ。
しかし、その表情に微かな落胆が含まれているのを見逃さなかった。
少しだけ胸が痛むが、銀市は安堵してしまう。
認めるしかなかった。無心に慕う彼女の姿に、心を救われる自分を。
だが、手を伸ばせばきっと銀市の中にある、薄汚くおぞましい本性を晒す日が来る。
できれば、このまま。穏やかな日々が続いてほしい。
化け物の己を押し殺せば、大丈夫なはずだ。

——不可能だったと、もうわかっているだろう？

体の内側で囁く、疲れきった声は無視した。

銀市がふっと顔を上げると、珠が道具を纏めて立ち上がるところだった。

「では、失礼いたしますね」

去って行く彼女が付けている牡丹に妙に目が引かれた。

なぜだ？　と考えていると、珠が廊下の角に消える直前、牡丹からふわりと花弁が崩れ落ちる。

ひらりひらりと虚空を舞ったあと、はじめからなかったように溶け消えた。

その様が銀市に、奇妙に暗い不安を感じさせた。

第三章　乙女、秋立つ

一夜明けると秋になっていた。

台所の勝手口から見える梅の木が紅葉し、はらはらと葉を落としている。

それを横目で見ながら、珠は瓶から今日の分の梅干しを取り出していた。

珠のもくろみ通り、風のように過ぎる時間の中で、塩漬けの梅からはすぐに梅酢が上がった。慌てて天日干しをして漬け直したものだ。

いつもよりもずいぶんせわしない梅仕事だったが、こうして無事に梅干しとなって食卓を彩ってくれる。

ふっくらとした梅は、見るからにおいしそうだ。

「お二人とも梅酒も楽しんでくださってますし、やっぱり漬けてよかったですね」

珠は呟きつつ、皿に盛った梅を持って立ち上がろうとした。

とたん、くらりと視界がゆがむ。

なんとか近くの壁に取りすがったが、皿の梅は土間に転がってしまう。

土が付いてしまった梅はもう、食べられないだろう。

「無駄に、してしまいましたね」

珠は梅を片付けようと伸ばした手が、微かに震えていることに気づいた。

押し寄せてくる不安をやり過ごすために吐いた息は重い。

満たされた生活だ。

残り時間が、少なくなっている以外は。


昼食に、叩いた梅と削り節で大根と三つ葉を和え、醤油と酢で味付けしたものを出すと好評だった。

「梅干しも定番になってきて手放せなくなりそうだ」

しみじみと呟く豊房は、さらに梅干しを載せて白飯をかき込む。

銀市も自分でおひつから白飯をおかわりするところだった。

その食べっぷりを見ると、珠は嬉しくなる。

「そろそろサンマの季節になりますから、焼く他に、梅煮などにもしてみますね。梅干しと醤油で煮るんです。普通の煮魚よりもさっぱりといただけるんですよ」

「聞くだけでうまそうだな。ぜひやってくれ」

期待する豊房に、珠は微笑んで頷いていると、銀市の視線を感じた。

「どうかしましたか」

「君の髪飾りなんだが……花びらが減っていないか」

銀市の指摘で、珠は反射的に頭の牡丹に手をやる。

誰も目に留めていないから、気づかれないと思っていた。

「そ、その不注意で、壊してしまって……」

狼狽えながら、苦しい言い訳をする。

事実牡丹の花びらは、半分以上崩れ落ちてしまっている。

「そういえば、里芋のお味噌汁はまだおかわりがありますよ」

「なら、貰おうか」

話をそらした珠をそれ以上追及してこなかったので、珠は安心して銀市の空の椀を取ろうとする。

しかし、珠の視界がゆがむ。自分の意識が漂白され真っ白に溶けていくような感覚だ。

立ち上がる前に動きを止めることができたため、転ばずにすんだ。

けれど、様子がおかしいのは銀市に伝わってしまったようだ。

「珠？　どうかしたか」

「ちょっとめまいがしただけで、大丈夫です」

珠はなんでもない風を装い、今度こそ火鉢の上にかけてある鍋へ向かい味噌汁をよそいながら密かに息をつく。

花びらが減りはじめてから、頻繁にめまいや立ちくらみが起きるようになっていた。似たような感覚を、珠は御霊鎮め(みたましず)の祭りの舞台で経験している。

あのときは自分が自分でなくなるようだったが、今回は自分という存在が塗りつぶされるような恐怖と不安を覚えた。

はじめこそ自分になにが起きたかわからず動揺したが、灯佳(とうか)の説明を思い出した。

『花弁が散りきれば、そなたは掛け軸から戻れず消滅する』

牡丹は灯佳が珠を守るために授けてくれたものだ。

つまり、珠を守る力が弱まっているということだ。

今は気を強く保つことでやり過ごせてはいるが、いつまでもつかはわからなかった。

銀市は最近、珠や銀古(ぎんこ)の思い出を口にするようになっていた。けれど、記憶の断片を取り戻すたびに、銀市が苦しそうにすることが気になる。

記憶を取り戻したとして、思い出した彼は、封じられた直前の銀市だ。

本当に銀市が現実に戻ってくれるのか一抹の不安も感じていた。

……まだ、銀市に伝えたいと思える「答え」にたどり着けていないから。

珠が悩んでいる間に、豊房が銀市に話しかけた。

「そういや君、拝み屋の連中と折衝していたようだったが、その後どうなったんだい？」

「最大勢力の土御門(つちみかど)派の当主に話を付けられた。これから異国の妖怪や新たな脅威が生まれてくる。妖怪達を取り締まりまとめ上げる俺が、政府機関の傘下に入ることで、協力体制を約束させた」

それは、特異事案対策部隊のことだろう。

こうして銀市は軍に入ることになったのかと、珠は一時不安を忘れて感心した。

しかし、あれと引っかかる。

狂骨と瑠璃子の会話が脳裏によぎった。

『――本名は佐野豊房で、天明八年に亡くなっていたかな……今の暦に直すと、なんだっけ瑠璃子』

『ちょっと待ちなさい、一七八八年かしら？ って、あたくしが生まれる前じゃない！――』

佐野豊房は、江戸の生まれだ。

けれど、確か特異事案対策部隊が設立されたのは――……

珠が記憶を探りきる前に、豊房の喜ぶ声が響いた。

「つまりは俺の隠遁生活も終わりか！ いやあ肩が凝って仕方なかったんだ」

「まだ一部の過激派がいるから安心はできないが、彼らも徐々に協力の姿勢を見せてくれている。一応の安全は確保されただろうな」

「よし、じゃあ！ ひとまずの祝いだな！ 紅葉狩りに菊も見に行きたいねえ。珠ちゃん菊人形は見たことあるかい」

豊房に聞かれた珠は、銀市に味噌汁を渡しながら、首を横に振った。

「いいえ、でも聞いたことはあります。菊の花で彩られた人形ですよね。なんでもお芝居の登場人物や歴史上の人物をかたどっているとか」

「そうそう、生きた花を植えて作り上げる芸術さ。あれは一度見てほしいもんだね」

にっかり笑う豊房につられて珠も表情を緩める。

銀市も穏やかな顔で味噌汁に口を付けていた。

しかし、突如天井下り（てんじょうさが）がぺろんと下がってきた。

『ヌシ様、急ぎ、妖怪、外に居る』

「ここにはめったなことでは来ないよう言っていたはずだが……」

眉を顰める（ひそ）銀市に、天井下りは不安げに揺れながらさらに続けた。

『拝み屋、殺された。龍のせい、言ってる』

平穏が崩れるのは一瞬だ。

銀市が険しい顔で立ち上がるのを、珠はただ見送るしかなかった。

昼食後すぐに外出した銀市は、夜遅くになってようやく帰ってきた。

夕食は先にすませていたが、さすがにことがことなので、珠と豊房は起きて彼を待っていた。

待ち構えていた二人に銀市は厳しい表情で、状況を話してくれた。

「今回の被害者は、俺の協力者の拝み屋だった。以前は俺達と対立していたが、協力を申し出ていた中の一人だ。犯行現場を見た者はいないが、第一発見者が『龍が逃げていった』と証言している」

淡々と語られた死に、珠は息を呑むしかない。

珠は顔も知らない人でも、きっと銀市には面識のある者のはずだ。

なにも思わないわけがない。

表面上は平静に見える銀市はそのまま続ける。

「俺は妖怪達の抑止力になることを拝み屋の勢力に約束している。本当に拝み屋達を襲ったのが妖怪ならば、俺は許すわけにはいかん」

断言する銀市は、すでに覚悟を決めているようだった。

氷のように冷えた表情でいたが、膝で握られた拳は微かに震えている。

その拳に、珠は銀市の激情をまざまざと感じた。

「ようやく、ようやく新しい時代が来ようとしているんだ。今は人と妖怪が生き延びるために足並みを揃えなければならない時期だ。微かな疑惑だったとしても、容易に決裂を招く。たとえなにがあろうと、あの龍が人を襲ったというのなら、倒さねばならない」

断固として言い放つ銀市に、珠はかける言葉が見つからなかった。

このように思い詰めた姿をはじめて見た。

掛け軸の世界に来て間もなく遭遇した黄金の龍は、未だ珠の記憶に鮮明だ。

思えば珠が龍について尋ねたときも、銀市は頑なだった。絶対に受け入れてはいけないと考えているかのようにだ。

銀市の全身から有無を言わせない気迫が発散されていた。

しかし、豊房はそんな彼に対して、険しさこそないものの、案じるように話しかけた。

「あの龍にも、なにか事情があるとは考えないのかい。殺しは取り返しがつかねえ過ちだし、仏さんも浮かばれねえ。だがその拝み屋とやらは以前、妖怪達を特に敵視していた連中の一人だろう。いざこざがあったと考えるほうが自然じゃないかね」

静かに諭す豊房に、銀市は一度口をつぐむ。

それでも硬質な態度は変わらなかった。

「たとえあったとしても、龍は一線を越えている。今度こそ確実に仕留める」

言い切った銀市は、青ざめて硬直する珠にようやく気づいたらしい。

銀市はかける言葉に悩んでいたようだが、語気を弱めて言った。

「大丈夫だ、君達に危害が及ばないようにする。これは俺の役割だ」

「でも、銀市さん、あの龍は……ッ！」

とてつもなく悪い予感がする。銀市とあの龍はよく似すぎている。

銀市が手を下せば取り返しが付かないことになる気がした。

たとえ不審に思われようとかまわない。

珠が言いつのろうとすると、銀市は労り(いたわ)の表情になった。

「あれは俺に似ているか」

先んじられてしまい、珠は息を吞む。

この銀市は珠が本性の姿を見たことがあるとは知らない。一瞬、彼が記憶を取り戻したのかと錯覚したが、まなざしに珠の親しんだ色はない。

落胆する間もなく、銀市の声の痛々しい響きに気づく。

「俺に似ているからこそ、俺が引導を渡さねばならない。——化け物は結局、化け物だ」

珠は刃(やいば)のような言葉だと思った。

胸が突き刺されたような痛みを感じた気がした。なぜか泣き出しそうなほど苦しい。

銀市は、自分と似ているといった口で、化け物と語るのか。

珠はよほどひどい顔をしていたのだろう、銀市は困ったように眉尻を下げたが撤回はしなかった。

呆然(ぼうぜん)とする珠に銀市は逡巡(しゅんじゅん)するように沈黙していたが、頷いて見せる。

「しばらく家を空けがちになるが、年の瀬までには解決する」

彼は、年の瀬を共に過ごすことを考えてくれている。
なのに、珠の心には溢れそうなほどの悲しみが広がった。
〝君は料理上手だからな。年末も年明けも、楽しみにしている〟
そう、約束してくれたことを、今の彼は覚えていない。
おなじひとなのに、たまらなく切なくなる。
銀市が退出したあと、珠は自分の部屋へと逃げるように駆け込んだ。
豊房に心配をかけてしまうとわかっていても、耐えられなかった。
引き戸を閉めてすぐ溢れた涙は、畳に染みを作っていく。
その場に座り込んだ珠は、顔を覆ってただ静かに泣いた。

＊

翌日から、銀市は頻繁に外出するようになった。
龍の捜索をしているのだろう。
珠は豊房と二人分の膳を並べながらも、平静になった頭であることに思い至っていた。
この状況は、灯佳から聞いたアダムと銀市の昔話によく似ている。
灯佳は彼らが決別したきっかけを、こう話してくれた。

『黒船が来航したあと、銀市は来る新しき世の平穏を守るため妖怪、拝み屋双方と根気強く話し合いを進めた。その努力が実り、政府につながる拝み屋一派の要人と盟約を交わしたのだ。しかし時を同じくして、味方に付いた拝み屋達が次々に殺される事件が起きたのだよ。その現場付近で目撃されたのがアダムだったのだ』

今起きている出来事は、実行犯だといわれているのが龍という点を除けば、そのまま当てはまるのだ。

『結局アダムが拝み屋を殺していたのは事実であった。が、しかし、殺された拝み屋達は銀市を暗殺する機会を狙っていたらしい』

珠はアダムが殺人を犯していたと知り動揺したが、浮かんだ疑問を口にした。

『アダムさんは許されないことをしたとはいえ、酌量の余地があったのではありませんか。なぜ決別になったのでしょうか』

すると、灯佳は冷めた表情で淡々と答えた。

『あやつは銀市を憎んでおったのだよ。「人間は、どうあがいても自分達のような化け物を受け入れない」とな。あやつは銀市の積み上げた信頼を最も悪質な形で裏切り、町に火を付けた。銀市はアダムを討とうとしたが、消火に回るしかなく、取り逃がしたというのが顚末（てんまつ）だ。今回の一件であやつがまたもや火を利用したのも、かつての事件を当てこすったのかもしれぬの』

感情の読めない灯佳が、最後はやるせなさをにじませた。

『……銀市がアダムについてどう思うておるかは知らぬ。が、決別するまではまるで旧来の友のようであった。銀市にとって大きな喪失だったのは間違いなかろう』

アダムと銀市は、友人だった。

珠がだし巻き卵をアダムに出したとき、彼は「知人がよく頼んでいた」と答えた。その知人は銀市のことだったのだろうと、珠は思った。

彼らは共に居酒屋に行き、酒を酌み交わし、好物を知るほどの仲だったのだ。

情が深い銀市がなにも思わないわけがないと、珠でも想像ができた。

おそらくこの世界は、アダムと袂を分かつきっかけになった事件を再現している。銀市の大きな喪失と、決別の記憶だ。

灯佳は言っていた。掛け軸の世界は銀市の心だと。

銀市は、龍の自分を忌避し、こだわっている。金の龍について話すときの彼は、ひどく苦しげで、龍を排除すべきだと頑なに思い込んでいる。

だから銀市はこの事件を通して龍を倒すことで、自分の心にけりを付けるつもりなのではないだろうか。

『人間は、どうあがいても自分達のような化け物を受け入れない』

そう言ったアダムを否定し決別したように、化け物の龍を殺して。

珠は自分の考えに背筋がぞっとするような恐怖を覚えたが、同時に思ったのだ。

これは、千載一遇の機会なのではないかと。

銀市の問いの答えを出すために、彼が頑なに厭(いと)う龍について知りたいと考えていた。

銀市が排除しようとしている金の龍は、まさに珠が知るべき存在ではないだろうか。

一番、確実なのは、金の龍に会うことだ。

珠は対面に座る豊房をうかがった。

まずは金の龍を捜す必要があるが、豊房に知られずに外に出るのは難しい。

……それに、豊房も銀市もいたずらに心配させたくない。

相反する想(おも)いがせめぎ合い、珠の表情は無意識のうちに沈む。

その姿をじっと見ていた豊房は手を合わせた。

「ごちそうさんでした」

「あ、おそまつさまでした」

珠が茶を淹(い)れるために立ち上がろうとすると、豊房に引き留められた。

「珠ちゃん、悪いんだがちょっとお使いを頼めないか」

「お使い、ですか」

「足りない画材が出てきて注文をしておいたんだ。あとは店で受け取るだけなんだが、俺はちょっと作業の大詰めでね。代わりに取りに行ってはくれないか」

もちろん身の回りのことは珠の役目だ、と安易に頷きかけた珠は気づく。

お使いならば、外に出る大義名分になる。

少しの間だが、それでも金の龍を捜せるのではないか。

珠は、おずおずと豊房に申し出た。

「あの、私も用事をすませたいので、少し帰宅が遅くなっても大丈夫でしょうか」

嘘ではない。だが本当とも言いがたい提案をするのは大変な勇気が必要だった。

豊房は珠のお願いに眉を寄せる。

「ふうん遅くなるねえ……雇い主としてはちょっとばかり見過ごせないな」

「ごめんなさ……」

「こういうときは賄賂ってやつが有効なんだぜ」

やはりだめか、と珠が撤回しかけると、にんまりと笑う豊房に気づく。

「そうだねえ、お萩がいいかね。菓子屋のが久々に食いてえと思ってたんだ。甘いものを食ってたら珠ちゃんがなにをしてたかなんて忘れるかもしれないなあ」

ここまで言われれば珠でもわかる。

豊房は帰りが遅くなるのに目をつぶってくれるのだ。

こんなに都合良く送り出してくれるなんて、幸運すぎるような気がする。

けれど、機会を逃せば次いつ捜しに出かけられるかわからない。

素知らぬ顔をする豊房に、珠は感謝を込めて頷いた。

「はい、わかりました。おいしいお萩を選んできますね」

珠は大急ぎで膳を片付けはじめたのだった。

＊

豊房に画材を受け取るための書き付けを貰い、珠は町に出た。

着物は青みがかった紫の竜胆が咲いた一枚だ。帯は虫かごが描かれた秋らしいものを結んでいる。

髪には花弁が減って片手に収まるほど小さくなった牡丹の飾りもつけていた。

珠の命綱であり、残り時間を知るための手段でもある。置いてくることは考えられなかったのだ。

町は相変わらず、どこか懐かしさを感じさせる、木と漆喰と瓦葺きの町並みだ。

人々はまるで前後をつなぎ合わせた活動写真のように、同じ行動を繰り返している。

危害を加えてくるわけではないので、そういうものだと思えば気にしないでいられた。

珠はまず豊房に描いてもらった地図を頼りに、画材を受け取る商店へと行った。

頼まれた仕事はしっかり果たすのが珠の信条である。

たどり着いた商店で、手代に話しかけると、彼はきちんと豊房が頼んだ画材を渡してくれた。

正直、意思疎通ができるか不安だったので、珠は密かにほっとする。

画材一式を包んだ風呂敷包みを手に商店を出た珠は、一つ気合いを入れた。

「まずは、この世界でアダムさんがどのように認識されているか確かめてみましょう」

珠は考えたのだ。現在金の龍はかつてのアダムの行動をなぞっているのではないかと。

ならば、アダムの足取りを追えば金の龍にたどり着けるはずだ。

珠が向かったのは、夏の花火見物で世話になった家だ。

昼間でも相変わらずじっとりと湿度を伴うような陰気さを発しており、通行人は前を通るのをわざわざ避けているほどだ。

しかし珠は迷わずその陰気な家の戸を叩く。

「ごめんください。どなたかいらっしゃいませんか」

珠が中に向けて声をかけると、間もなく戸が開く。

応対に出てきたのは、柔和な顔立ちをした壮年の男だ。しかし男は訪問者が花火見物の際に屋根を貸した娘だと気づくと、するりと姿を変える。

珠が瞬いたときには、珠もよく見慣れた茶色い滑らかな毛並みをした川獺の翁になっていた。

「おやあ、ヌシ様んところの女中さんかね。わしになにか用かのう」

不思議そうにする川獺を前に、気後れしている場合ではないと意を決し、珠は家から用意したとっくりを差し出す。

「豊房さんの家で漬けた梅酒をお裾分けに参りました」

川獺の翁は、意外に酒好きだ。甘い酒を好むのは現実で知っていたから、手土産を持って来たのだ。

とっくりを見ると、期待通り川獺は相好を崩した。

「おおそれはありがたくいただこうか」

機嫌良く受け取ってくれたことに、ほっとする。

ただここからが本題だ。珠は何度も考えて吟味した質問を切り出した。

「ところで、最近見慣れない妖怪さんを見かけます。あの方達が、銀市さんがおっしゃっていた異国の妖怪なのでしょうか」

「お嬢さんも見たのかい。黒船が来て以降、海向こうから渡ってくるものが出てきたからね。海向こうのもんは考え方も性質も違うから、ヌシ様も苦労してると言うよ」

川獺が答えてくれた。珠はさらに問いを重ねる。

「でしたら、異国の妖怪さんの中で、銀市さんに協力してくださる方はいらっしゃらないのでしょうか」

川獺の翁は、銀市と古い付き合いだ。掛け軸の世界に登場することからも明白だろう。アダムもはじめは銀市に協力していたのだという。

川獺がアダムについて知っているのなら、このように聞けば訝しがられないはずだ。

さりげなさを装いながらも、珠はあわよくば居場所を知ることができないかと緊張の面持ちで返事を待つ。

さっそくとっくりの蓋を開けて香りを嗅いでいた川獺は、珠を見た。

その表情が硬質になった。

「以前はいたが、今はおらぬ。あれはヌシ様を裏切った」

あまりに冷たい声音に珠はひゅっと息を呑んで怖じ気づく。

珠が怯んだことに気づいたのか、川獺の翁はつぶらな瞳を瞬いた。

先ほどまでの硬質さは霧散し、困ったように目尻を下げる。

「はて……わしはなんの話をしとったかのう……ああ、そうじゃ最近金の龍が出没しておるからな。拝み屋だけを襲うとはいえ、巻き込まれないとも限らんから、早めに帰るとよいよ」

柔和に言い諭す川獺に、珠はこくこくと頷くしかなかった。

川獺の翁の家をあとにした珠は、菓子屋に来ていた。

店内の陳列台には平べったい板の箱が並べられ、様々な菓子が並んでいる。

普段の珠なら、菓子に胸を高鳴らせていたかもしれないが、川獺の翁の言動が胸に引っかかっていた。

明言はされなかったが、彼の言っていたかつての協力者とは、アダムのことだろう。

だがしかし、川獺から感じられた頑なさは、銀市に通じるものがあって、それ以上聞けなかった。

この世界ではすでに、アダムは裏切り者として扱われている。

とはいえ、川獺の翁の口ぶりでは金の龍と同じものではないようだ。

アダムとは異なるものとして捜したほうが良いかもしれない。

「そうなると、もう手がかりがありません……」

菓子を包んでもらうのを待つ間、珠はため息をつく。

ためしに珠が金の龍に遭遇した往来に行ってみたが、当然のごとく姿はなかった。

珠にわかっているのは、金の龍が銀市に似ていることだけだ。

龍の行動原理もどこに潜伏しているかすらわからない中では、雲を摑むようなものだ。

大人しく帰るべきかと考える珠の耳に、客の声が入ってきた。

「……ねえ、知ってる？　黄昏時になると化け物が出るって話」

珠がはっとそちらを見ると、客の女が知り合いらしい女と世間話をしていた。

相手の女は、気味悪さと好奇心が同居したような顔をする。

「知ってるよ。人間を引きずり込んで食い殺しちまうんだろう？　このご時世に怖いねえ」

「しかも普段は人間の振りをしてるって言うんだから目も当てられないよ！　ああ恐ろしい恐ろしい」

「どれだけ人間のように振る舞ったって化け物が人間になれるはずないのに」

「おぞましいったらありゃしない」

珠は聞き耳を立てるのは悪いことだと思いながらも、ぎゅっと胸を握った。

彼女達の話はまるで銀市達の事情を知っているようだ。

普通の人間は、妖怪のことは知らないはず。

なぜ、と思ったところではっと気づく。

灯佳は事前に教えてくれていた。掛け軸の中は、銀市の心を反映している。

つまり、銀市の心情の代弁なのだ。

客の女達の嫌悪がにじむ会話も、金の龍についての言葉のように思えるが、違う。

「もしかして、今のは銀市さんが普段から思っていること、なのでしょうか」

だとすれば、なんと苦しい叫びだろう。

人になれない化け物、だなんて。

なら川獺の翁が言い放った「裏切った」というのも、銀市の想いなのだろうか。

銀市はそれほど、アダムを許せないと感じていたのか。

珠が聞いていられないと思ったとき、菓子屋の店主が珠を呼んでくれた。

「お客さん、待たせたね」

ほっとしつつ菓子の包みを受け取った珠は、ふと考える。

そういえば龍が道端に現れたときも、通行人達は「化け物！」と叫び逃げていた。

彼らが妖怪に疑問を持たず、さらに龍を認識しているのならば、なんらかの話が聞けるのではないだろうか。

試す価値はあると、珠は店主へ聞いてみた。

「あの、金色の龍ついてなにかご存じですか」

まともな返事があるかもわからなかったが、手がかりがなにもない中では望みを託したかった。

珠がどきどきしながら待っていると、菓子屋の店主は顔をしかめた。

「ああ今ちまたを騒がせている化け物だろう？　化け物を懲らしめようっていう拝み屋達が次々襲われているらしいね」

「……っ！」

話が、聞ける。ならば手がかりを知ることができるかもしれない。

考えよう、と珠は自分に言い聞かせる。

灯佳は銀市とアダムについて、他になにを話していただろうか。

『結局アダムが拝み屋を殺していたのは事実であった。が、しかし、殺された拝み屋達は銀市を暗殺する機会を狙っていたらしい』

金の龍は、アダムと同様に拝み屋達を標的にしているのは間違いない。

ならば、拝み屋達の足取りがわかれば、龍に近づけるかもしれない。

珠は店主に対して精一杯不安そうな表情を浮かべつつ、さらに踏み込んでみた。

「それは、大変ですね……。拝み屋の方々は、普段どのような場所におられるのか、ご存じですか？」

また川獺の翁のように拒絶されるだろうか。

内心緊張する珠の不安が杞憂のように、店主はあっさりと答えた。

「さすがにわからねえなあ。ただ、最近は北の郊外のほうに集まっているとは聞いたことがあるよ」

なぜ、町の外なのだろうと思ったが、それなら豊房の庵がある方面だ。

帰り道でまた別の人間に話を聞きやすい。

「ありがとうございます！」

珠は礼を言って、菓子屋をあとにした。

この世界の夜は、元の世界よりもずっと深く暗い。日が落ちたあとも捜し回るという選択肢はない。

珠は日が傾きはじめた頃には、豊房の家の近くまで帰ってきていた。

菓子屋をあとにした珠が、道行く人の何人かに思い切って質問をしてみると、菓子屋の店主と似た話が聞けた。

手がかりを得て、珠が拝み屋や金の龍にたどり着ける可能性はそもそも低い。

その中である程度具体的な次の捜索場所の情報を得られたのは、かなりの収穫である。

「北の郊外に拝み屋の人達が居るようだとはわかりました。明日もどうにか抜け出して、調べてみましょう」

珠自身にできることは少ないが、まずは一歩前進だった。

夕陽(ゆうひ)に照らされる土道の左右には、自然風に仕立てられた生け垣が並んでいる。

その奥に隠れるようにいくつか家が立っていた。

豊房が言うには、このあたりは元大店(おおだな)の主人などの道楽者が、隠居後の別荘を買い移り住んでいるのだという。

すれ違う人といえば、元から住んでいる作業帰りの農民や、近所に別荘を持つ身なりの良い町人くらいなものだ。

町よりずっと静かで人が少ない。

　だからこそ、珠には「ギャッ」という男の悲鳴がよく聞こえた。

　同時に、突然近くの茂みから複数人が駆けだしてきた。

　男達は武家風の長着に袴姿だった。ただ彼らは手に刀ではなく、直刃の剣だったり、なにかが書き付けられた札だったりを持っている。

「くそ、あの化け物邪魔をしおって、倒すには策が必要だ！　一旦引くぞ！」

　そのように話しながら男達は、珠の居る方向へ脱兎のごとく走ってくる。

　彼らと危うくぶつかりかけた珠は、体勢を崩してその場に尻餅をついた。

　男達は、まるで珠など見えていないように道の向こうに去って行ってしまった。

　突然の出来事に呆然とした珠だが、はっと我に返って彼らの言動を反芻する。

「あの方達、化け物、と言ってました」

　それに、彼らの持っていた奇妙な物品からして、今の人間達が拝み屋だろう。

　この世界で、今化け物と語られるものは一つだけだ。

　珠は荷物が崩れていないことを確かめて立ち上がると、男達が出てきた茂みのほうをうかがった。

　特に異変は感じ取れない。どきどきと心臓が強く鼓動を打つ。

　意を決して、珠は茂みをかき分けた。

茂みの先は、草が茫々と生えた開けた土地となっていた。

元は遠くに見える廃屋の庭だったのだろうが、今は荒れており屋根付きの井戸があるばかりで、寂れた空気が漂っている。

想像していた姿はなく、珠は微かに息を吐く。

しかし、奥にある廃屋のほうでなにかがキラリと光った気がした。

珠はゆっくりと近づいていき、夕陽がよく当たる廃屋の裏へと回る。

そこには、輝く金の鱗を持った、黄金の龍が地面に伏せていた。

会いたいと願っていたが、いざ龍と邂逅するととっさに言葉が出てこなかった。

珠に遭遇するのは龍も予想外だったのだろう。

金の龍は四肢で長い胴を持ち上げるなり、警戒するように尾をひらめかせたが、珠を見るなり硬直した。

「あの……」

呼びかけると、龍は鋭い顎に並ぶ牙をむき出しにして唸り声を上げる。

珠がびくりとすると、龍はそのまままじりじりと後ずさり出した。

拒絶されたと感じ珠は悲しみを覚える。

しかし、蛇のような長い胴を支える前足の挙動がおかしいことに気づいた。

よく見ると金の鱗の一部が無残にはがれ、鮮血を流している。

この龍は先ほどまで拝み屋達と対峙していたのだ。交戦した際の怪我だろう。

傷口は龍が動くたびに、新たな血がにじんでいて、あまりにも痛々しい。

このままでは、余計に傷口が広がることだろう。

龍の拒絶するような唸り声はそのままだが、それ以上逃げていこうとはしない。

まるで龍も戸惑って……怯えているようだった。

こんなに強靱な姿をしているのに、なにを恐れるのか。

ただ、怪我をしたのであれば、他者を警戒するのも無理はない。

珠は努めてゆっくり動き、刺激しないようにもう一度話しかけた。

「私のことを、覚えていませんか。春の頃に、私が雑踏で踏み潰されようとしていたのを、助けてくださいましたよね」

龍の唸り声が小さくなる。思い出してくれたようだ。

さらに珠はその反応で、やはり龍が自分を助けてくれたのだとわかり、嬉しくなった。

珠が牡丹の花を抱えて、逃げ惑う群衆の波に呑まれかける寸前に強風が吹いた。

人々は吹き飛んでいったが、珠自身は強い風に吹かれた程度ですんだのだ。偶然だとも思えたけれど、なんとなく龍は助けてくれたのではないかとずっと思っていた。

微笑んだ珠は、龍に向けて頭を下げた。

「その節はありがとうございました。できれば、お礼に傷の手当てをさせてくださいませんか」

顔を上げると、龍の唸り声が徐々に小さくなる。

逡巡（しゅんじゅん）するような龍の紫の瞳と視線を合わせたまま、珠はそろそろと彼に近づく。

今度は、龍は拒絶しようとはしなかった。

傷のある前足にまでたどり着いて患部をよく見ると、血に土が混じっているようだ。

あまり良い状態ではない。

「傷を洗う水を取ってきます。お願いですから、待っていてくださいね。きっとですよ」

珠は龍に念を押して身を翻した。

幸い庭の井戸は涸（か）れておらず、水も湧き水のようできれいなものだった。

釣瓶（つるべ）でくみ上げた水を持って元の場所に戻ると、龍はそのままの姿勢で待っていた。

立ち去っていてもおかしくないと思っていただけに、龍がその場に居てくれたことが嬉しい。

「良かった……」

珠が頬を緩めると、龍は紫の瞳に戸惑いを宿している。

地面に膝をついた珠は、龍の前足の傷に、水を含ませた手ぬぐいを当てる。

「痛かったらごめんなさい」

この状況でできることは限られているし、人相手の処置で大丈夫なのか不安はある。

ひとまず傷を水で流し、手ぬぐいで拭っていく。

手ぬぐいはあっという間に赤く染まったが、幸いにも血は止まりはじめているようだ。

思ったより、傷は深くない。

「薬草を探すべきかと思いましたが、大丈夫そうですね」

珠はもう一枚手ぬぐいを取り出すと、切りっぱなしの部分に歯を立てる。

勢いを付けて引っ張ると、甲高い音と共に縦に裂けた。

端がわずかに重なる程度で裂くのを止めて折りたたむと、倍近い長さになる。

これなら龍の前足にも回るだろう。

しゃがみ込んだ珠が、傷口を覆いながら手ぬぐいを結ぶ。

満足した珠が顔を上げると、戸惑いをあらわにする龍と目が合った。

龍は驚くほど真剣に、珠を凝視している。

三好（みよし）邸で変化する銀市を見たときも、この世界に来てはじめて龍に対峙したときも、ここまで近くで見ることはなかった。

改めてとても大きいのだと気づく。村で祀っていた大蛇の遺骸も、人一人くらい軽々とひと呑みにできそうだとは感じた。そんな大蛇よりも金の龍は一回りは大きい。平屋の廃屋に、伏せた状態でかろうじて身を隠せるほどなのだから大きさも相当だ。

まじまじと見返してから、珠は龍がこちらを見つめたまま沈黙するばかりなことに思い至る。

「もしかして、お話はできませんか」

龍はなにも言わない、それが答えだった。

珠は肩の力が抜けてしまい、その場に座り込んだ。

龍に会えばなにか変わる。少なくとも新たな話を聞けるのではないかと考えていた。

今さら自分が期待していたことに気づき、疲労感がどっと押し寄せてくる。

「そう、ですか……」

珠はその場から、動けなくなってしまったような気がした。

夏の花火の夜、銀市の心に寄り添いたいと願った。

ずっとただ背中を追いかけるばかりだった彼に、今もまだ血を流す深い傷が心にあると知ったから。

銀市の問いの答えに真摯に向き合い、答えたいと思った。

もしかしたら、銀市は望んでいないのかもしれないけれど、珠自身が彼について知りたいと思ったから行動に移した。

金の龍は手がかりが乏しい中でようやく見つけた希望だったのだ。きっとなにか変わるのではないかと期待をしてしまっていて、落胆に打ちのめされた。

珠には時間がない。このままでは問いの答えを見つけるどころか、銀市の記憶を取り戻すことすらできないのではないかと、悪い方向に考えてしまう。

珠が悄然としていると、顔に影がかかる。

手当てが終わってもその場を立ち去らなかった龍が、こちらをうかがっていたのだ。

龍の表情は読み取りづらいが、その仕草はまるで――……

「心配してくださるのですか」

珠が話しかけると、龍はまるでそうではないといわんばかりに顔を引く。

それでも、悲しみに染まりかけていた珠の気持ちが微かに和らいだ。

「私のお話を、聞いてはいただけませんか」

龍は、珠のお願いに面食らったようだった。それでも逃げたり、嫌な顔をしたりはしない。

この龍は、銀市に雰囲気がよく似ている。

なんだか胸が切なくなって、珠は龍の優しさに甘えることにした。

珠は髪から牡丹の花を外してみる。牡丹の花は掛け軸の中に入ってすぐのときより、半分以上小さくなってしまっていた。

壊れないように、そっと撫でる。

焦燥を感じるばかりではあったが。それでも一つ銀市についてわかったことがあった。

「私はきっと、年の瀬までここにはいられません。でも、あの日の銀市さん……私の恩人も同じように感じていたはずです」

珠が正月の約束を持ち出したときには、銀市はすでに掛け軸に自分を封じる覚悟を決めていたはずだ。

守れないとわかっていても、不安がった珠の心を察して優しい嘘をついた。

それ以前だって、ずっと噂の呪いに苦しめられても一言も弱音を漏らさず、珠に変わらず接し続けてくれていたのだ。

最後まで珠の幸福を願って。

「自分が似たような状況になって、銀市さんがどれほど私を想い、大事にしてくださったかよくわかりました。でも……ッ」

珠は再びあのめまいに襲われ、言葉を止めた。

ぐらぐらと頭が揺さぶられ、自分の輪郭を侵食されるような感覚に怖気が走る。

息苦しさに似たそれに珠はうずくまった。

しかし、その苦しみはふいに楽になる。

予感がして手元を見ると、牡丹の花弁が一枚、ふわりと虚空に消えていった。

珠は牡丹の花を包む手が冷たくなるのを自覚した。

微かに震える体を押さえるように牡丹を包み込む。

金の龍は珠の前に居てくれる。

そのことが、珠がずっと抱えてきた不安を決壊させた。

「こわい、んです」

震える声が喉からこぼれた。

そう、珠は怖い。

この世界で珠は異物で、居てはならない存在なのだと突きつけられている。

「花弁が減るたびに、銀市さんとの別れが迫っているのが、苦しくて、怖くてたまらなくなりました。私は銀市さんのように考えられなかったんです」

これほどの苦しい思いをしながら、大事にしてくれたのか。

珠はただ守られて安穏としていただけなのに。

本当に珠は無知で、あの社に居た頃となにも変わっていないのかとすら思う。

「こんな私が、銀市さんの心に寄り添えるのでしょうか」

目尻に涙がにじみかけたが、珠はぐっと堪える。

今の自分に泣く資格があると思えなかった。

うつむく珠は、背後に気配を感じた。

次いでそっと背を撫でる優しい感触に、珠は驚いて顔を上げる。

振り向くとたてがみの生えた黄金色の尾があった。

背を撫でたのはきっとあの尾だ。

尾は、迷うようにふらふらとさまよっていたが、やがてもう一度珠の背に触れる。

その仕草は遠慮がちで、労り(いたわ)を感じさせた。

珠が前を見ると、金の龍が少しだけ身を引く。それでも背を撫でる尾はそのままだ。

「慰めて、くださるのですか」

龍は否定も肯定もしない。ただ紫の瞳で見つめてくるだけだ。

その不器用で静かな労りが、珠には染みるほど嬉しく温かく感じた。

体の奥が緩んで、不安が少しだけ遠のく。

この感覚に珠はどこかで覚えがある気がした。

もっと近くに行けばわかるだろうかと思った珠は、龍の顔へと手を伸ばす。

だが金の龍は驚いたのか首を引いた。

珠の胸がずきりと痛む。

さすがにぶしつけだったかと申し訳なく思うと同時に、深い谷底へと落とされたような悲しみに襲われる。

理性では、わかっている。傷の手当てをさせて貰え(もら)たことだけでも充分なのに、珠がさらに踏み込もうとしたのが良くなかった。

なぜこんなに悲しい気持ちになるのかわからなかった。

けれど今悪いのは珠だと、硬直する龍にぎこちなく微笑(ほほえ)みかける。

「ごめんなさい」

謝罪をしても、胸の痛みは治まらない。

ただ、この感覚にも、覚えがある気がする。

あの特別房で、銀市に拒絶されたときも同じ痛みを感じた。

「銀市さんと一緒に居られないと思った怖さも、どこか、で」

少しだけ悲しみが遠のいたのも意識の外で、珠は特別房での自分の思いを探る。

銀市に腕を押さえつけられ、黄金色の瞳には飢えと渇望が見えた。

あのときの彼は、確かに珠を理不尽に奪おうとする存在だった。

はたから見ればまさに、かつて冴子(さえこ)が嫌悪した千疋狼(せんびきおおかみ)のようだっただろう。

それでも珠は、銀市自体を……

「こわい、とは、思っていなかった？」

珠の感覚は、きっと普通の人間と少し異なる。

様々な感情を取り戻していても、おぞましさや嫌悪感を感じ取りきれない部分がある。

だが珠は管狐(くだぎつね)に食われかけたときに感じた恐怖をはっきりと覚えている。自分の意に反して害される理不尽さは、きっと冴子が千疋狼に感じたものと同じだ。

珠はもう、食われることがどれだけ恐ろしいか知っている。

あの日特別房で銀市の衝動を前にして、珠はとっさに逃げなければ、と思った。

そのように考えた自分に動揺して、銀市を怖がってしまったと思い絶望したのだ。

恐怖を感じたのは、確かだ。

けれど、珠がはっきりと怖いと思ったのは、もっとあと。

〝約束を、守れなくて、すまんな〟

銀市が別れを告げたとき。明確に一線を引かれたあの瞬間。

珠は目の前が真っ暗になったような絶望に突き落とされた。

そう、まさに、珠が銀市との別れを目前にしている今と同じ気持ちだった。

なにか糸口が見えた気がして、珠は顔を上げる。

いつの間にか、夕陽(ゆうひ)は空の境界に沈みはじめていた。

廃屋に落ちる影は色濃くなり、熟れたほおずきのような橙(だいだい)と黄昏(たそがれ)の紫が混ざり合い、当たりを幽遠に染めている。

そんな夜の気配が忍び寄る中でも、金の龍は硬直したまま珠の前に佇(たたず)んでいる。

どうしたら良いかわからないように、珠の様子をうかがっているようだ。

尾で慰めてくれようとしたことから、珠に近づくのが嫌なわけではないだろう。

ひとつ、心当たりがあった。

掛け軸の中の世界で龍は、化け物と怖がられている。

龍が自ら近づいてこないのは、今の姿が、この世界では忌避されるべき化け物だからではないだろうか。

だとすれば、それは悲しい。

珠の脳裏に、天井下りが知らせてきた言葉が蘇る。

『拝み屋、殺された。龍のせい、言ってる』

そう、龍が人を害したという疑念は晴れていない。銀市はこの龍を倒そうとしている。

龍が話せない以上、真偽も確かめられない。

だが珠は、不器用に慰めてくれた龍の優しさを知った。

瞳に宿る労りの色を見た今、放っておきたくない。

意を決した珠は、再び龍に向けて手を伸ばした。

「あなたに触れさせてくれませんか」

ちゃんと声に出して、意思を伝えて。

もっと近づけば、この龍に感じる親しみの正体がわかる気がした。

珠が伸ばす手に、龍はびくりと首を引いたが、それ以上は逃げていこうとしない。

こちらの気持ちを汲んでくれるのだと気づいて、珠の心に穏やかな喜びが広がる。

〝珠、今の俺は、怖いだろう〟

今なら、この問いに答えられる気がする。
珠の指先が、龍の顔に触れかけた。

「珠ッ！」

焦りを含んだ声音に呼ばれる。
黄金の龍は即座に珠から離れ、その声がしたほうへ飛び出していく。
珠も急いで振り返ると、沈みかける夕陽を背に、銀市がいた。
長い髪が毒々しいまでの夕陽に煌めき、金色に見える。
肩で息をして、全速力で走ってきたのだとわかる。
逆光のせいで、珠に表情は見えなかった。
代わりのように取り巻く風でうねる彼の髪が、荒ぶる胸中を感じさせた。
銀市は地面に座り込む珠と立ちふさがる龍を見ると、ぐわりと怒りをあらわにした。
「珠に触れるな！」
その風に大量の水が混じる。
一足飛びに距離を詰める銀市に、龍もまた牙をむき出しにして飛び出していく。

銀市は突風に乗せた水を龍へと解放する。

水はいくつもの刃状になり、鋭く龍に襲いかかった。

龍は低く虚空を駆けて身を翻すが、よけ損ねた尾に水の刃が着弾する。

尾のたてがみがちぎれ、鱗がはがれて血がにじむ。

龍もまた、銀市とすれ違いざまに、右前足を振り抜いた。

前足の爪は銀市の肩口をえぐり、地面へ血を散らせる。

肩を押さえた銀市は、憎悪に近い表情で龍を睨む。

「お前は消えなければならん……！」

凄惨な傷に青ざめた珠だが、銀市の龍に対する血を吐くような叫びに我に返った。

銀市の声には相手を否定する固い意志がある。

受けた傷を無視して、銀市は腰の刀を抜いた。彼からは先ほどよりも一層強力な水を含んだ風が生じる。

龍も迎え討つ気のようで、龍の周囲に紅蓮に燃えさかる炎が現れる。

彼らはどちらかが倒れるまで殺し合うつもりだ。

だめだ、と珠は思った。

このままお互いを攻撃させてはならない。

でないと、取り返しのつかないことになってしまう。

珠は強烈な使命感に駆られて立ち上がると、地面を蹴った。
沸き上がる衝動に突き動かされて、珠は大きく叫ぶ。
「銀市さんっだめです！」
我を忘れて今にもぶつかろうとしていた一人と一頭は、珠の声に同時に振り向いた。
攻撃の手は止まったが、水と炎は荒ぶったまま周囲に拡散する。
その一端が、走る珠にまで飛んできた。
目を焼く鮮烈な炎と水の暴威を珠はよけられない。
華やかな薄紅の光と甘い香気が、ぱっと広がった。
肌を舐める炎と、肌を切り裂く水はその優しい香気に阻まれる。
牡丹の花に守られたのだ、と気づいた瞬間、珠は強烈なめまいに襲われた。
立っていられず、糸の切れた操り人形のように地面へ崩れ落ちる。
散る薄紅の花弁の中、銀市が走ってくるのが見えた。
顔色は真っ青で、金の瞳にはありありと恐怖が宿っている。
どうして怖がるのかと珠は思うが、口が重く動かせない。
「珠貴……っ!?　なぜ、っう……！」
それは、元の銀市しか知らない、珠の名前だ。
珠を抱き起こした銀市が、頭に激痛が走ったように顔をゆがめる。

それを最後に、珠は意識を失った。

第四章　牡丹乙女はほころぶ

『これが俺から見た君さ。良いもんだろう？』

にっかりと笑って、眼前の男に裏打ちしたばかりの絵を見せた。

数十年前に出会った彼は、当初は見ていられないほど荒み諦めきった目をしていたが、今ではずいぶん穏やかになった。

自分が出会った中で一番いい男だ。

友人として、幸せに安らかでいてほしいと願うのは当然のことだった。

彼の姿が出会った頃と変わらない中、自分はどんどん年老いていく。

友は同じ時を過ごせないと悩んでいる節があったが、自分はそれが人だと悟っていた。

別に一緒に走れなかろうが、昔と同じ量だけ酒を飲めなかろうが、気にはしない。

ただ、寂しがり屋のこの男を置いていかねばならないことは心残りだ。

だから「化け物」だと思い込んでいる彼に、自分の絵で、最後に龍の彼がどれほど美しいのか教えようと考えたのだ。

絵には、人の心を揺さぶる力があると信じている。

この絵を見て、人ではない自分も受け入れるきっかけにしてくれたらと思った。

絵の中の龍を見た男は、金の瞳を見開き、しばし沈黙した。

言葉を失うほどだったかと、にんまりしかけた。

が、そうではないとすぐ気づく。

彼の顔から表情が根こそぎ落ち、代わりに深い絶望に染まっていく。

『俺は、こんなに……父と、似ていたんだな……』

淀(よど)んだ底なしの沼に絡め取られて、沈みきってしまったような諦観がそこにあった。

父、と彼は呟(つぶや)いた。彼の親について、はじめて聞いたことに思い至る。

彼は、今まで見せた作品の中でも一番長く、まるで自分の目に焼き付けるように絵を見つめる。

そして穏やかな微笑でこちらを見た。

『ありがとう、豊房(とよふさ)。いつかの備えとして、役に立つ』

掛け値なしに本音の感謝の言葉だ。

しかし自分は決定的に間違えてしまったのだと理解した。

友のふさがりかけていた一番繊細な傷を開いてしまったのだと。

そうじゃない。君にただ誇りを与えたかっただけだった。

ありのままの君と、自分は友となったのだと伝えたかった。

もし、もう一度、機会があるのなら。

今度こそ——……

＊

珠が目を覚ますと、真っ先に薄荷に似た煙草の香りを感じた。

なにか、悲しい夢を見た気がする。

まだぼんやりとする頭でまぶたを開くと、この数週間で見慣れた天井が目に入る。

豊房の家だ。

珠は自分の布団に寝かされていた。

ようやく珠は自分が気を失う前のことを思い出す。

銀市と龍が殺し合うのを止めようとして、大量に牡丹の花弁が散ったのだ。

その余波のせいで珠は意識を失ったのだろう。

あれからどうなったのか。

「珠」

簡素に呼ばれて、珠の全身にさざ波が広がる。

掛け軸の中に来てからも呼ばれていたが、決定的に印象が違うその声音。

「体調に変化はないか。君は二日眠っていたんだ」

珠が急いで起き上がると、枕元に銀市が座っていた。

この世界で見慣れてしまった銀色の髪と、金の瞳のままだ。

けれど、珠を見るまなざしには今までと違う色がある気がした。

「銀市、さん」

この感覚が正しいのかわからず、珠は期待と不安でどう語るか迷ってしまう。

銀市は、そんな珠をじっと観察したあと、大事はないと感じたのか息を吐いた。

「どうして俺と龍の間に割り込んだ。そもそもなぜ封じの中に居る？」

正座をした銀市の膝に、花弁が簡単に数えられるほど小さくなった牡丹の花があった。

銀市が、壊れ物を扱う繊細な手つきで、牡丹を撫でる。

「これは灯佳殿の守りの呪だろう。人の君を送り込むなどという離れ業は、あの方しかできない。……だがこの世界は現実と変わらん。死ねば無事に帰れる保証はないんだぞ」

彼の傍らには長火鉢があり、角には銀市の使う煙管が置かれている。

おそらく、部屋で煙草を吸い続けていたのだろう。

そこまで長く、ずっと珠が目覚めるのを待ってくれていた。

体に掛けられた布団が外れると、寒いほどの冷気に包まれる。

だが、珠は気にならなかった。

確信を、持った。

銀市は記憶を取り戻している。

その事実が頭に染みこんでいくと同時に、珠の瞳から涙が溢れた。

次から次へと頰を伝い、手の甲に落ちていく。

「――二度と、お会いできないかと思いました」

掛け軸の世界に飛び込んで、銀市の想いを知ると目標を立て、彼に寄り添いたいと願いながら時を過ごした。

この世界の銀市も不器用で優しかったから、大丈夫だと自分を励まして耐えてきた。

けれどいくら堪えても不安で不安で仕方がなくて。

目の前にして、まざまざと思い知る。

会いたかったのは、本来の銀市だったのだ。

目を見開いた銀市が腰を浮かせる。

離れてしまうのではと思った珠は、衝動のまま銀市の左袖を摑んで引き留めた。

「置いていかないでください……っ」

銀市の膝から牡丹が転がり落ちても、次から次へとこぼれる涙で銀市の袖が濡れても、珠は握ったままでいた。

しゃくり上げる珠の頭上で、銀市が金の瞳を動揺に揺らす。

銀市はとっさに珠の肩に手を置いて力を込めかける。

しかし、堪えるように奥歯を噛み締めると、袖を握る珠の手に自分の手を重ねた。

手を優しく包まれた珠は、ほんの少し涙が引く。

次の瞬間ゆっくりと指を外され、距離を取らされた。

「別れる前に、言っただろう。俺に近づいてはいけない」

珠は、銀市が苦しげに顔をゆがめているのを見て悟る。

今まで、ずっと銀市は記憶を失っているから帰れないのだと考えて、記憶を取り戻せるよう働きかけていた。

けれど、この世界の様子や銀市の態度から、薄々思っていたのだ。

「銀市さんは、掛け軸の外に帰るつもりがないのですか」

自分の考えを認めたくなくて、珠がすがるように聞いても、銀市はなにも言わない。

それが肯定だと、充分にわかってしまった。

「わ、私は灯佳様から聞きました。銀市さんが悩まされていた衝動は噂によって作られたものなのですよね。今、現実では灯佳様や御堂様が噂を消して回っております。だからもう心配はいらないんです……！」

珠が現実の状況を告げて説得しようとしても、銀市は首を横に振る。

「いいや、そもそも俺が、人と共に居るべきではない化け物だったんだよ」

記憶のない銀市からも聞いた単語を、今の銀市も口にした。

ただ事実を告げるような淡々とした口調だった。

揺るぎない意志と態度を感じて、珠は圧倒されてしまい言葉を見失う。

銀市は牡丹(ぼたん)の花を拾うと、そっと珠のほうへと押しやった。

まるでそれが銀市から珠を守るものだとでもいうように。

「この衝動があの一件で過剰に呼び覚まされたことは認めよう。だが、そもそもが俺自身にあったものだ。ひとたび箍(たが)が外れれば、人を……君を害するのだと明確になったんだ」

諦めを含んだ声音にあるのは絶望だ。

銀市はすでに自分の未来を決めてしまっている。

珠は牡丹の花によって隔てられた銀市が、ひどく遠くに感じた。

銀市が苦しんでいたと知ったときから、珠はずっと悩んでいた。彼が珠を贄(にえ)として求めてしまったと聞いたから余計に。

一つ疑念が生まれてしまうと、次々に不安が押し寄せてくる。

珠は銀市に拾われて幸せだった。

けれど銀市はそうでなかったのかもしれないのだ。

確かめるのが怖い、それでも確かめなければならない。

珠は今までにない胸の苦しさを堪えて、震える唇をようやく開いた。

「では、私を側（そば）に置いている間、銀市さんはずっと苦しんでおられたのですか。私が銀市さんの重荷になっておりましたか」

「それは違うよ。君の幸福が俺の救いだった」

銀市の否定は予想に反して、深い慈しみの籠もった響きだった。

目を細める銀市は、優しく続ける。

「君が来てから、銀古（ぎんこ）は一層華やいだ。君が様々な者と関わり合い、人としての情動を少しずつ取り戻し、表情が豊かになる姿は眩（まぶ）しいほどだった。君と過ごした日々は、穏やかで新鮮で居心地がよかったんだ。それこそ、豊房に誓った通り、人として生きていけるのだと思えたくらい、幸せだったよ」

驚くほど明確な答えだった。

けれど同時に、銀市が過去として語っていることにも気づいてしまった。

「ただ、俺がだめだった、というそれだけの話なんだ」

「銀市さんにだめなところなど、ありません……」

珠の本心でも、今の銀市には届かないことはわかっていた。

銀市も心動かされた様子はなく、いつもの珠が頼りにする穏やかな彼の表情のままだ。

「君との縁はすでに結ばれてしまっている。俺はここから出ればいつか再び君を贄と渇望するだろう。これは俺が逃れられない……父から受け継いでしまった業なんだ」

銀市はいつになく雄弁だ。

理由は、これが最後と決めてしまっているから。

珠の唇が震える。

「でも、今、掛け軸の銀市さんは消えかかっていて、このまま封印の中にいると……」

消えてしまう、という言葉が声にならずとも、銀市には伝わったらしい。

なのに、彼は穏やかな態度のままだった。まるで消えることも織り込み済みとでもいうようだ。

珠は胸に引き絞られるような痛みを覚えて、大きく喘ぐように呼吸する。

明らかに傷ついて泣くのを堪える珠に、銀市は慰めるためか手を浮かせる。

しかし拳に握ると、彼は戒めるように自分の胸に置いた。

「いつか、君を傷つけるくらいなら、俺はこの檻に居る。だから君だけでも現実へ帰す方法を探ろう」

明確で、誤解のしようがない、あまりに優しい拒絶だった。

珠は膝の上で爪が手のひらに食い込むほど、手を握りしめる。

ようやく、理解できた。あの特別房で最後に銀市が浮かべた穏やかな表情は、この覚悟を決めたからだ。

掛け軸という檻に自らを閉じ込めると。ずっと、それこそ命が尽きるまで。

側に居た日々を幸福だったと語ってくれたことが、泣きたいほど嬉しかった。

空っぽだと思っていた胸の奥が疼き、心が華やぎ、全身がほどけて広がっていくような喜びだった。

なにも持たず、役に立たない珠でも、銀市の幸福の一つであれた。

その上で、銀市は自分よりも珠を傷つけないことを選んだのだ。

心が、とても寒い。

細く吐いた息が白くて、珠がふと視界の端に映った窓の外を見ると、しんしんと雪が降っていた。

窓から見える椿の木には赤い花が咲いていて、雪を被っている。

珠が震えるのを見て、銀市は自分が着ていた羽織を落とすと珠の肩に掛ける。

「君は万全ではない。もう少し休んでいなさい」

あたり前のように気遣われて、珠は胸を突かれたように燃え上がり、体中が熱を持つ。

こみ上げてくる感情の名前はわからない。

それでも、珠にはわかったことがある。

銀市は、人としてあたり前の想いを持っている。

珠と笑い、悲しみ怒り、思いやってくれる。

だが珠はこの世界で記憶のない銀市と接して知った。

彼は人として生きようとしているが、自分の中にある人に非ざる衝動によって自分が人ではないと否定される。

一度表に出せば、人に恐れられ、忌避される衝動を誰にも打ち明けることはできなかった。だから彼は、人にはなれない「化け物」として、誰かと共にある幸福を諦めた。

銀市を頑なにして、暗い影を落とす過去の傷は、未だに生々しいものなのだ。

珠は──……彼の傷に触れたい。

胸に灯った熱のまま、珠はうつむけていた顔を上げた。

「嫌、です」

長火鉢の煙管を片付けようとしていた銀市は、手を止めてこちらを見る。

珠は金の瞳を見返し、自分の想いをはっきり告げる。

「私は、銀市さんのお側でないと幸せではいられません。それに、銀市さんにも幸福でいてほしいのです。だからっ……」

強く願う珠の言葉は、ふいに動いた銀市によって遮られた。

視界が大きくまわり、背中に軽い衝撃を覚える。

ほどけた髪紐と共に、銀色の髪がさらさらと落ちてきた。

大きな手がゆっくりと珠の手首をたどり、逃がさないとでもいうように指を絡めて押しつける。

珠は一拍置いて、自分が銀市によって布団に倒されたことを知った。

まるで、特別房のときのように。

「だが珠、あの日の俺は、怖かっただろう？」

見下ろす銀市の首筋には螺鈿のような輝きを持つ鱗が浮かぶ。

細められた金の瞳には、あの日の銀市に見た熱があった。

「君だって、俺の飢えを感じただろう。俺はあの日、確かに君を欲したんだ。それは人ではあり得ない衝動だ」

確かに、感じた。あの日の銀市は珠を食らう者だった。

銀市は空いた片手で、ゆっくりと珠の頬の輪郭をたどる。

その感触に、珠は背筋に痺れに似た戦慄を覚えた。

「守る、と語った男が牙を剝いたんだ。君は本性を隠して近づいた俺をなじって拒絶すべきなのだよ。『化け物』と」

銀市は、優しく言い諭した。

まるでその通りにしたほうが、銀市のためになるとでも言うように。

彼は、珠を諦めさせようとしているのだ。珠が怖がるだろう体勢に持ち込んで、恐怖を煽って、理解させようとしている。自分がどうしようもなく嫌悪される存在なのだと知らしめて、珠が自分から距離を取るようにだ。

動揺で暴れ出そうとする心臓を、珠は必死に宥めた。

もう一度自分の心を確かめる。

この世界で銀市と過ごして、考えたこと、感じたこと。

あの日受け止めきれなかった想いと、心に宿った答えを語りたい。

息を吸う。

「確かに、怖かったのです。でも、それは、銀市さんに脅かされること自体ではありません」

怖い、という単語にある種の安堵を浮かべた銀市は、珠の声に震えがないと気づく。

珠は金の瞳をひたりと見つめ返した。

ここからなら、銀市の反応がつぶさに見られる。

「私は、あなたに奪われることで、あなたのお側に居られなくなることが、とても恐ろしかった」

やっと見つけた、自分の心だった。

確かに、あの日珠は怖いと感じていた。

あの異常な空間の中では混乱していたけれど、掛け軸の世界で過ごした日々で感情を整理してゆっくり確かめた今ならわかる。

恐怖を覚えたのは銀市自身にではない。

銀市は眉を寄せると、珠の手を握る手に力を込める。

「俺には、このまま君を害する力がある」

低い声音は脅すもの。

珠は自分の胸の内を探ってみるが、やはり心は凪いでいる。

自分の考えが間違っていないとわかり、頬が緩んだ。

「もちろん普通の人が、人を食らう者を恐れるのはわかっています。けれど、私はどうしても、普通ではないんです。そう語るものが身近に現れるのがあたり前でしたから」

銀市の険しい表情が微かに揺らぐ。

そう、珠には日常だった。

食いたいと思われることも、人を殺める力がある存在と会話することも。

――かつて人を殺した者と共に居ることでさえも。

それが冴子達と珠の違いだった。

「急に押さえつけられたら、びっくりします。傷ついて血を見たら、身がすくみます。命を奪われるのは、嫌だと思います。でも、私にとっては、それ以上でもそれ以下でもないんです」

だから、銀市だけを取り上げて恐れることはない。

銀市の表情が険しくなる。

ぎりり、と奥歯を噛み締める彼の唇から、尖った牙が見えた。

「ならば、俺に食われてもかまわない、と?」

「いいえ」

はっきりと、否と返す。

金の瞳が戸惑いに揺らいだ。

なにが銀市の望むことかなど、珠にはわからない。

だから、珠は珠が思う答えを伝えるのだ。

「以前、三好邸の一件で、私はあなたにならすべてを捧げると言いました。その気持ちは、本心でした。けれど銀市さんは、私を傷つけることを一番恐れているのでしょう?」

贄として育てられた珠は、「捧げること」こそ至高の行いだと教えられてきた。

今でも村で教え込まれた記憶が、銀市に身を捧げるほうが正しいのではないかと、不安と恐怖と共に脅迫的に囁いてくる。

けれど、ふっと振り返ると、銀市がいる。

捧げてしまえば、珠自身は二度と銀市と笑い、泣き、食卓を囲み、会話をする、同じ時を過ごせなくなる。

珠はその光景を二度と味わえなくなると考えたとたん「だめだ」と思ったのだ。

銀市は最後まで、珠を傷つけないために衝動にあらがっていた。

珠が彼の欲に従ってしまえば、彼の想いを踏みにじることになる。

相手の望みを受け入れる選択が、必ずしも相手の幸せにつながるわけではない。

「私の恐怖は、銀市さんのお側にいられなくなることです。だから、たとえ銀市さんが私を贄として望んでも、嫌です。もうこの身は捧げられません」

珠は、想いを込めて、銀市に握られた手を握り返した。

とたん銀市は手を離す。

身を引いた銀市は、口元を手で隠したが、金の瞳にありありと動揺がある。

やがて、彼が呟くように言った。

「君は、変わったな」

そう、珠は、変わった。

以前ならなにも考えずに銀市に従っていた。

そうしなくて良い、と教えてくれたのは、銀古での生活……そして目の前のひとだ。

だから、この提案もできる。

解放された珠はゆっくりと身を起こすと、祈るような気持ちで向き合った。

「変えてくださったのは銀市さんです。なので、話をしませんか」

銀市が聞く耳を持ってくれるのがわかる。感じられる。

珠は心のままに、銀市に手を伸ばす。

銀市はとっさに身を引こうとしたが、さらに距離を詰めて口元を隠す彼の手を取った。

螺鈿のような光沢を持つ鱗をなぞる。

骨張った大きな手に並ぶ鱗の肌は、珠より少し体温が低く、磁器のような質感だ。

けれど、予想よりも弾力がある。

こんな風だったのか、と改めて観察していると、困惑の声が降ってくる。

「珠……？」

本題を忘れかけていたことを思い出し、珠は決まり悪さに少しだけはにかんだ。

「私は、この鱗をずっときれいだと思ってて、触ってみたかったんです」

目を見開く銀市に、珠は緊張で心臓が不規則に鼓動を打つのがわかる。

さらに思い切って彼の頬に指を伸ばした。

銀市は逃げず、珠の行為を受け入れてくれている。

頬の鱗は手の鱗よりも小さく、より指先に柔らかさを感じる。

やはり、美しい。

「私が鱗に触れるのは、お嫌ですか」

「嫌、ではない……が」

いつもの銀市からは考えられないほど、ぎこちない答えだ。

けれど響きに嫌悪はなくて、珠はよかったと微笑(ほほえ)んだ。

「なら、銀市さんがだめなことを教えてください。安心できる方法も。私がお側にいられる形を探したいのです」

珠は今があればそれでいいと、今まで銀市の過去を聞いてこなかった。

そのせいで、銀市がなにに悩み苦しんでいるかすら知ることができず離れてしまった。

自分がいることで銀市を苦しませたくない。……──でも、側に居たい。

ならば話をして、歩み寄れる部分がないのか、探りたかったのだ。

「その衝動に悩まされてしまうのは、どんなときですか。常にあるものなのでしょうか。衝動を抑えるのは、銀市さんにとってどれほど苦しい行為なのですか」

呆然とする銀市は、我知らずといった雰囲気で答えた。

「君が、現れるまで……衝動など、ないものだと……」

「でしたら、私が現れてから、なのですね。ごめんなさい。ではその……」

珠は気恥ずかしさを堪えて、投げ出されている銀市の手に自分の指を絡めた。

思い切った行動だが、はしたなく思われないだろうか。恥ずかしさで心臓が飛び出てしまいそうだが、それでも大事なことだと自らを奮い立たせた。

「こうして、触れているときは、いかが、でしょうか」

耳まで赤くなってしまっているのがわかる。

視線をそらし、恥じらう珠を見下ろしていた銀市は、ようやく己を取り戻したようだ。

「俺は君を贄に求めようとした化け物だぞ。なぜ……」

「違います、銀市さんは化け物ではありません」

そこだけは、明確に否定した珠は、羞恥を堪えて銀市を見上げた。

「銀市さんは贄として私を求める〝かも〟しれないだけで、その気がないのですよね」

「……」

沈黙は肯定だ。

そう、珠はずっと考えていた。

「なら銀市さんは、人であり龍でもあるだけです。私の大事な、ひとなんです」

金色の瞳が大きく見開かれる。

どちらか、ではない。どちらも銀市なのだ。

「だから、どうか、銀市さんの幸せを望んでくださいませんか」

銀市は、大きく喘ぐように呼吸するとぐっと目を閉じる。

長い、長い沈黙のあと、かすれた声が落ちてきた。

「──父は、贄を求める龍だった」

珠はそれが銀市の、今も生々しく血を滴らせる傷だとわかった。

「自分の龍の絵姿をはじめて見たとき、驚くほど父と似ていると思った。あの業が自分の中にもあると思い知らされた。せめて龍である己は殺して、人として生きようと考えた」

絡めたままの指先に、力が込められる。

微かで、けれど無視できないその力はまるですがるようだと珠は思った。

「この衝動があらわになれば、君を不幸にする。化け物であることから逃れられない。だから君から俺を遠ざける手段ばかり考えていた」

ちゃんとわかっている。

銀市が、珠を大事にしたいという気持ちで積み上げてきたすべてを手放したのだと。

けれど、それでは珠も幸福になれない。

大丈夫だ、と語るのは簡単だ。珠が怯えないと何度言ったところで、銀市は傷つけること自体を厭う。彼の心には響かない。

「なら、銀市さんがもし、私を龍として求めたら、全力で逃げます。そのためだったら、皆さんの力を借ります。あなたを悲しませないために、決して私を傷つけさせたりしません」

「……俺が龍であるかぎり、いつか君を傷つけることは変わらない」

銀市は弱々しくも頑なだ。

彼が百年以上抱えてきた呪縛が、一時の言葉だけでほどけるとは思っていない。

それでも珠は誓いたい。

彼と共に居る未来を望みたかった。

せめてこのとき、今だけは、と珠は彼の手を自分の胸に引き寄せる。

「いつか、私を傷つけるというのなら。一生起きない〝いつか〟にしましょう」

だから、どうか、この手を離さないでほしかった。

珠が祈るような気持ちで見上げると、金の瞳と視線が絡んだ。

彼の体が大きく震え、沈黙する。

長い静寂が、空間を支配した。

ただ珠は、自分の速い鼓動を感じていた。

こんな大切なときなのに、珠の心臓は彼が側に居ることで早鐘を打っている。

幸せだった日々と同じように。

もしかしたら、引き寄せた手から銀市にも伝わってしまっているかもしれない。

それが銀市に不謹慎と取られないかだけは、心配だった。

やがて満月のような冴え冴えとした瞳が伏せられた。

「君にとって、俺は、どのような存在だった」

銀市からのはじめての問いかけだった。

珠は微かな期待を抱きながらも、逸る気持ちを抑えて今までの銀市との記憶に思いを巡らせた。

「良い上司であり、良い家主で、朝と寒さが苦手で、意外と甘いものが好きで、どのような卵焼きも喜んでくださいます」

銀市が喉の奥で笑うのに、少しだけ珠の表情も和らいだ。

一言ではとても言い表せない。このような想いにどんな名前が付くのかも知らない。

それでも、今のありったけの気持ちを込めて、珠は大事に続けた。

「そして、私をとても慈しんでくださった。不器用で少しだけ格好つけがちな、人でもあり、龍でもある。それが、私がお側にいたい銀市さんです」

これが、今の珠が伝えられる精一杯の言葉だった。

銀市は深く息を吐いた。なにかを押し出すような長い吐息だった。

珠は胸に抱いた銀市の手に、逆に手を摑まれ引かれた。

背中に大きな手が添えられ、引き寄せられる。

よろめいた珠は、銀市の胸に倒れ込んだ。

ぱっと、いつも彼から香る薄荷のような紫煙の香りに包み込まれる。

それだけでなく、銀市は珠の背に腕を回し、壊れ物を扱うように繊細に抱きしめたのだ。

今までになく近い距離に、珠は狼狽えて真っ赤になる。

少し落ち着きかけていた鼓動が、また早鐘を打ちはじめる。

どうしたことかと思って顔を上げようとすると、声が降ってきた。

「ありがとう」

ようやく安心できる居場所を見つけた、とでもいうような、安堵に満ちた吐息だった。

混乱の中でも珠は気づく。背に回された手も、いつでも逃げ出せとでもいわんばかりに、力を入れられていない。

耳を押し当てる形になった銀市の胸から聞こえる鼓動も速い。

銀市も、緊張をしているのだ。それでも確かめて、納得しようとしてくれている。

とても難しい作業だったが、珠は体から力を抜いて、銀市に身を預けた。

そして、彼の背に自ら手を添え、力を込める。

銀市とかつてした、親愛の証しだ。

珠は逃げない。そういう気持ちを込めたら、彼の腕の力が少しだけ強くなる。

「ありがとう……珠」

声が微かに湿っているように思えて。

叶うのならもう少しだけ、この時間が続くようにと、祈った。

＊

銀市は腕の中に収まる珠の反応をつぶさに観察する。

結われていない髪から垣間見える首筋も、耳も頬も赤く染まっている。

己が腕を回すだけで、すっぽりと隠れてしまいそうなほど華奢な肢体だ。

彼女は胸に身を預け、細い腕を銀市の背に添えている。

その仕草のどれ一つとっても、恐怖は感じられない。

頬が赤いのも、鼓動が速いのも、銀市に対する恥じらいのせいだ。

異性と抱き合うなど、めったにないからというあたり前の反応だ。

そのことに、銀市は泣き出しそうなほどの喜びを覚えた。

『銀市さんは、人であり龍でもあるだけです。私の大事な、ひとなんです』

ずっと、どちらかで居なければならないと思い込んでいた。

人の間で生きるのなら、人であらねばならない、と。

しかし、珠は銀市が厭ってきた龍の一面を見ても、こうして身を預けてくれる。

思えばはじめから珠は、銀市を受け入れてくれていた。

銀市が三好邸で龍に戻るために、楔になってくれるよう頼んだとき、彼女はこう答えた。

『旦那様のお役に立てるのであればいくらでも。髪の一筋から血のひと雫まで、この身を捧げましょう』

どうしようもない状況だったが、少しでも忌避のそぶりを見せれば、助力は取り下げるつもりだった。

たかだか数日、行方不明になる程度だ。大したことではない。

しかし、彼女は受け入れた。きっと本当の意味で理解していないとわかっていた。

それでも、龍の自分を受け入れてくれたように感じて、はじめて自分という存在を許された気がした。

だから、彼女が銀古を……銀市の側に留まることを選んでくれたとき、決意したのだ。

銀市のすべてをなげうってでも、彼女を人として幸せにしようと。

彼女が人として幸せであれば、たとえその隣に自分がいなくとも、きっと報われると。

居場所を得て、人としての思いや感情を取り戻していく珠は眩しかった。銀市も彼女を通して〝人〟として学ぶことが多々あった。彼女に笑顔が増えていく過程で、自分が確かに人として生きられていると感じられた。

いずれ珠が銀市の本性を理解して離れていくとしても、己が足掻いて歩んだ道のりはけして無駄ではなかったと。

だから、特別房での出来事は、とうとうそのときが来たと奇妙な安堵を覚えたのだ。

もう充分だ、身を引こうと。

そう考えたからこそ、銀市は掛け軸の中で記憶を失ったのだろう。

二度と人であることを求めないようにだ。

なのに、手放したはずの珠は今、自分の居場所に銀市を迎えようとしてくれている。

腕の中の珠が、もぞりと動くと上目遣いで見上げてくる。

「あ、あの、銀市さんは、お寒く、ないですか。今は、冬ですし」

そういえば、彼女に羽織を貸したままだった。

銀市が珠を諦めさせるために無体を演じたせいで、布団の上に広がっている。

取ろうと思えば、取れる距離。

だが、腕の中に居る温もりから離れるのが惜しかった。

「……君は、寒くないか」

「い、いいえ、銀市さんが暖かくて……だい、じょうぶ、です」

か細い声で再び身を預けてくる珠がいじらしくて、自然と笑みがこぼれた。

「君はきっと、どれだけのことをしてくれたのか、わかっていないのだろうな」

「？」

不思議そうにする珠の髪を、欲深い銀市はひと撫でした。

彼女は、銀市が明かそうとしなかった想いまでくみ取った上で、一人では思いつきもしなかった提案をもたらしてくれた。

そう、だから、心の奥底にしまい込みなかったことにした望みを自覚してしまった。

彼女を自分が原因で損ねたくなかった。

龍の性を知られれば拒絶されると諦めきっていた。

それでも、人と過ごす日々は眩しいほど愛おしかったのだ。

──手放したくない、と願うほどに。

三好邸の一件で珠に歯を立て、舐め取った甘美な味を覚えている。

あの罪深い瞬間を、生涯忘れることはないだろう。

今も彼女の首筋が見えているが、あの特別房のような衝動は覚えない。

だが体の内からこみ上げてくる感情を、断定もできなかった。

銀市の業は根深い。

この掛け軸の檻の中で消えていったほうが良いという考えも消えることはない。

『いつか、私を傷つけるというのなら。一生起きない〝いつか〟にしましょう』

それでも、本当に〝いつか〟にできるのならば。

許されるのであれば、珠と少しでも長く居られたらと銀市は願っていた。

小さく華奢な温もりを囲う銀市の耳に、カン、カン、カン、とせわしない鐘の音が聞こえた。

それは以前から耳になじみのある半鐘の音。町の住民へ火事を知らせる音だ。

半鐘は鳴る間隔で火事場までの距離がわかり、住民達は音の間隔を目安に避難するかを判断するのだ。

せわしないこの調子は、付近の住民は着の身着のままで避難すべき段階のものだ。
さらに銀市はこの家で半鐘の音を聞く、という状況に覚えがあった。
珠にも聞こえたらしく、顔を上げて窓を見る。
「銀市さん……？」
銀市の気配が変わったことに気づいたのだろう、珠が不安げに呼びかけてくる。
彼女に呼ばれる名だけは、いつでも銀市に届いていた。
「あの龍はなんとかしなければならない」
「龍を倒してしまうのですか」
珠は青ざめている、それはそうだ。
倒れる前、彼女は龍と対峙していたのだ。さらに銀市と龍を争わせまいとした。
どうするか気になるのは当然だろう。
銀市は彼女と共に居る龍を見た瞬間、我を忘れた。
お前が彼女と居てはならないという、その一念だけで刀を抜いたのだ。
あの龍を見ると銀市は平静でいられなくなる。
今までその理由がわからず「龍はあってはならない」という感情のまま敵対していた。
しかし記憶を取り戻し、状況を把握した今なら様々なことがつながる。
龍を敵視したのは、最も忌ま忌ましく、銀市の奥深くに凝る悔恨と忌避の記憶を呼び覚ますからだ。

この憎しみに似た感情で、正体に見当がついていた。

ただ、違和は他にも残っている。

「いいや、先に確かめたいことがある」

銀市は惜しみながらも珠を解放すると立ち上がった。

銀髪を背に流す。

自分が人ではない象徴の一つだ。

向き合わなくてはならない。しかし、龍について考えるだけで、銀市の心は黒い焦燥に蝕(むしば)まれる。

――やはり、あの龍は殺すべきではないか。

振り払えそうにない、意識の闇に呑(の)み込まれそうなとき、くん、と袖を引かれた。

はっとそちらを見ると、同じく立ち上がった珠が控えめに袖を引いていた。

「私も、連れていってください」

黒々とした瞳には、意志が籠もっている。

銀市は徐々に荒れた感情が凪(な)いでいくのを感じた。

まだ、自分の心は信じられない。

それでも、彼女がいれば、向き合うことができそうだった。

＊

珠は部屋で一人、こちらに来たときに身につけていた装束一式に着替えていた。

これからなにが起きるかわからないからと、元の世界と同じものを着ていたほうが良いと銀市に言われたのだ。

着替えている間に銀市が行ってしまわないかとはらはらしたが、珠がよほど不安そうな顔をしていたらしい。

銀市は礼儀正しく引き戸の外で待っていてくれながら、話をしてくれた。

まるでちゃんと居る、と教えてくれているようで、気恥ずかしいながらも心強かった。

「この世界は俺を封じるための箱庭だ。俺の意識が反映され、成長も変化もなくただ同じときを繰り返すはずだった。しかし、今はアダムと決別した事件をなぞっているんだ」

そこは珠が予想した通りだったのかと納得する。

「あの龍がアダムさんなのですか」

言ってはみたものの、珠はまったくしっくりこないのは自覚していた。

銀市も言葉を濁す。

「役割を担っているとは言ってもいいだろう。この半鐘はアダムと決別した日に鳴っていたものだからな」

「でしたら、これからその現場に向かうのですか」

「いいや、その前にアダムとの記憶にない存在を解き明かす必要がある」

記憶にない存在、とはどういう意味だろう。

珠は疑問に思いつつも最後に髪を纏めて、小さくなった牡丹を付けた。

着替え終わったことを告げて引き戸を開けると、銀市はきちんと待っていてくれた。

銀市は巫女装束姿の珠を見ると、なぜか目を細める。

珠はその意図が推し量れなかったが、彼は珠の疑問を感じたようだ。

「君の晴れ舞台を、まともに見られなかったが、そのときの姿を思い出していたのさ」

少しばかり残念さをにじませる銀市に、珠はほんのりと気恥ずかしさを覚える。

「たぶん、この衣装は舞台で着たものより少し豪華です」

自分でもなにを言っているのかわからなかったが、顔を合わせづらく、そそくさと部屋から出る。

幸いにも銀市はそれ以上言及することはないようで、こちらだと珠を促してくれる。

不安を煽る半鐘の音が遠くから響く中、珠は銀市のあとを付いていく。

とっぷりと日が暮れていたが、不思議と廊下も外もよく見える。

この世界が現実ではないからだろう。

銀市が向かったのは、玄関を挟んだもう片側、豊房の部屋だった。

部屋の主である豊房は、絵を描くと言って籠もっていたはず。

珠は彼に画材とお萩を渡しそびれたことを思い出す。いいや、そもそも火事が起きているのだから、逃げる相談をする必要がある。

まじめに考えていた珠は話しかけようとして、銀市の寂しげなまなざしに気づいた。

引き戸の前で止まった銀市は、小さく息を吐くと取っ手に手を掛ける。

「豊房、開けるぞ」

銀市は中の応答を待つことなく引き戸を開いた。

彼の暴挙に驚きながらも、珠は見えた室内に戸惑った。

内部は、片付けられていた。

大量の紙が積み上げられた棚や、書き物をする文机、そして幾本もの筆が並ぶ筆掛けなどはあったが、まるで使われた形跡がない。

ましてや大量の絵を描く必要がある、図画の仕事をしているようにはとうてい見えなかった。

ごく普通の室内のはずなのに、部屋主の背景を知っていれば明らかにおかしい。

そんな空間の中央には、悠々と座る豊房がいた。

豊房は突然の訪問に驚いた様子もなく、若々しい顔に人好きのする笑みを浮かべた。

「よう銀市、血相変えてどうしたよ」

気さくに友を迎える態度に、銀市は一瞬苦しそうな色を見せたが一歩室内に入る。

「鳥山石燕が画図百鬼夜行を描き出版したのは、安永五年、一七七六年の……自身が晩年の頃だ。君に『いつまでも若い姿じゃ貫禄がないぞ』とからかわれたほど、俺と君は外見に年の差ができていた」

晩年、という単語に、珠は驚いて豊房を見る。

豊房は三十代ほどの若々しい姿をしている。とうてい老人には見えない。

「さらに言えば、君は天明八年、一七八八年には死んでいる。これが俺が部隊を作る直前の記憶なら、この家は亡くなった君から譲り受けて、俺の持ち家になっていたはずだ。俺とアダムが出会う百年近く過去の君が存在するわけがない」

珠はようやく違和が形になる。

瑠璃子と狂骨は明確に語っていたのだ。

『鳥山石燕というのは、江戸時代に活躍した浮世絵師だよ。本名は佐野豊房で、天明八年に亡くなっていたかな……今の暦に直すと、一七八八年かしら？　って、なんだっけ瑠璃子』

『ちょっと待ちなさい、一七八八年かしら？　って、あたくしが生まれる前じゃない！　そんなに前の銀市さんの知り合いなら、あたくしが知るわけないわ』

『そうよ、あんたが拾われたのは、明治になるかならないかってところでしょ――』

　豊房が生きていた時代と、銀市がアダムと会った時代はかみ合わなかったのだ。

　なのに豊房はこうして目の前に居る。

　銀市は真っ直ぐ豊房を見つめて、決定的な言葉を投げつける。

「君は、一体なんなんだ」

　豊房は笑みを深めた。

　それはこの世界の人形ではない、すべてを理解している表情だった。

「俺は、あれに宿った佐野豊房の未練。いわば亡霊だな」

　彼が親指で示したのは、背後にある床の間だった。

　床の間には、銀の龍が躍る掛け軸が掛けられていた。

「豊房さんが、この世界を作り上げていたのですか」

　珠が問いかけると、豊房は肯定した。

「作った、というよりは管理人というところかね。封じについてはほとんど関与してない。ちょっとやりたいことがあったから、俺の存在をおかしく思わないよう、銀市の認識をいじったりと小技は使わせてもらったぜ。珠ちゃんも、自由に動けてよかったろ」

　にっかりと悪びれもしない豊房に、珠は肩の力が抜けてしまう。

やはり色々と誘導されたり、外に出られるように用事を言いつけてくれたりというのは、豊房の配慮の結果だったのだ。

「ええと、その節はありがとうございました」

ぺこりと珠が頭を下げると、豊房は困ったように頬を掻いた。

「いやあ、そう感謝されちまうと、決まりが悪いんだがね。俺としても君を利用したわけだし……。俺の存在も君のお守りには、害と認定されるんだ。手助けをしようにもかえって傷つけることになるから、大したことはできなかった。すまないね」

豊房に頭を示されて、珠は牡丹のことを言っているのだとわかる。

そういえば、出会って間もなくの頃、銀市に彼の記憶にまつわる事柄を伝えようとしたとき、二人には聞こえなかったことがあった。

あのとき牡丹を持っていた手が痺れたように感じたのが、豊房の干渉だったのだろう。

しかし、この事態に深く関わっていても彼に敵意はない。

謝罪に対しどう返そうか珠が迷っているうちに、眉間に皺を寄せた銀市が詰問した。

「あの龍を操っていたのは君なのか」

「そいつは語弊があるな、君が嫌だと追い出したものに形を与えてやっただけだ。あとはあの龍の意思だぜ」

飄々と袖に手を突っ込んで腕組みをする豊房は、多くを語ろうとしない。

もどかしげに銀市は絞り出すように問いかける。

「君が、未練を残すほど。俺は不出来な友だったか」

ああ、そうか。と珠は気づいた。

銀市はずっと豊房の言葉を指針にして生きてきた。

人として妖怪として、思い悩んでいたときに彼は豊房の存在に救われて、他者と関わることができるようになった。

銀市に出会い、人としての感情を取り戻せた珠が、銀市に感謝するように。

銀市は豊房に言い表せないほどの恩がある。

だがしかし、豊房は銀市に贈ったはずの龍の絵に未練として残ったのだ。

恩人が自分のことで後悔をしたかもしれないと知れば、平静でいられるわけがない。

ただ、珠はこの世界で豊房と会話した内容を覚えている。

『……俺が、間違えちまったからだな』

豊房は銀市に人として生きると思わせてしまったことを後悔していた。

珠が割り込むのが正しいのかわからない。

それでも目覚める前の夢は、まだおぼろげに残っている。あれが豊房の記憶なのであれば、このままではいけない。

そう感じた珠は、声を張り上げた。

「豊房さんは銀市さんに、やり残したことがあるのではありませんかっ」

珠の声は、半鐘の音にも負けず、凜と響く。

豊房と銀市の視線を浴びながらも、珠は一生懸命語る。

「それは、龍と関連するのでは、ありませんか。だから私が龍を捜すよう誘導したのですよね」

「！　だから君はあの廃屋に居たのか……！」

悟った銀市は豊房を見る。

珠は熱を込めて豊房に訴えた。

「豊房さんは、以前私におっしゃいました。誰かと交われるのは奇跡だと。銀市さんにとって、亡くなった豊房さんに会えたのは、奇跡です。豊房さんにとっても、後悔を解消できる絶好の機会ですよね。そんな中でためらわないでください」

この世界は偽りだ。いつまでも続くわけではない。

その中でようやく本音で話し合える状況になったのに、どちらも踏み出そうとしないのがもどかしかった。

銀市は大きく目を開く。

ぽかんとしていた豊房は、次の瞬間噴き出した。

「ははは、珠ちゃんは意外とはっきりと言う子だったんだな！　痛快爽快じゃないか」

突如笑い出す豊房に面食らった珠だが、目尻の涙を拭った豊房はおかしげな顔になる。

「笑うしかないな、亡霊になっても言う勇気を持つのが難しいなんて。大人になると、どうにも臆病になっていけない。銀市、自分はそうじゃないとは言わせないぜ」

「……部屋でのやりとりを見てたのか」

銀市が決まり悪そうにするが、その語気からは頑なさは霧散している。

大きく息を吐いた豊房は、胡座をかいた膝にぱん、と手を置いた。

「俺は、龍の絵を君に贈ったとき、君の傷が想像以上に根深かったことを知った。俺の言葉を思い違いしていることに気づいたが、それを訂正できなかったのが心残りだった。

――あのときは悪かった」

豊房の明確な謝罪に銀市は息を呑む。

しかし銀市がなにかを言う前に、豊房はすぐににやりと笑った。

「だが、俺が言いたかったことは、全部珠ちゃんが代弁してくれたさ」

「私が……？」

「『人でもあり、妖怪でもある』それが銀市だ。俺は、両方あってこその銀市と友になったんだ。どちらが欠けても、俺が絵に描きたいと思った君じゃあない。だから龍の君も誇りに思ってほしかったんだ」

名指しされて戸惑う珠は、豊房が語った単語に覚えがあり、かぁと頬を染める。

豊房に見据えられた銀市は、感情を堪えきれなかったように口元を押さえて目を背けた。

「……理解していなかったのは、俺のほうだったか」

「俺の友はどいつもとびきり世話がかかるからしょうがねえ。許してやるよ」

「君が謝罪をしていたのではなかったか？」

「亡霊をたたき起こしたんだ、ちょっとは詫びがあっていいだろう？」

ふてぶてしい態度の豊房に、銀市は小さく笑う。

長年の付き合いを感じさせる気やすいやりとりだった。

二人の会話を珠がほっとした気持ちで見守っていると、ふいに豊房の表情が改まる。

「――だから俺の未練は残り一つだ」

珠が夢で垣間見たのは、豊房が銀市に絵を差し出した場面だけだった。それ以外にも、なにかあるのだろうか。

銀市も同じのようで、心当たりがないように眉を寄せた。

「あとひとつ、とはなんだ」

「俺のもうひとりの友に対するお節介だよ。変わるのが怖くて、諦めちまっている君に似た友へのな」

豊房が言及する人物が、銀市はわからないようだ。

珠はふと、花火の日に豊房が話したことが脳裏をよぎった。

『本当はもう手に届く位置にほしいもんがあるのに、変わるのが怖くて、無理だと諦めるやつもいるくらいだからな』

今思い返すと、妙に具体的だったと思う。

豊房は銀市に向けてぴん、と指を一つ立てて見せた。

「それと、君は一つ勘違いをしている。今起きている過去は、君の記憶と同時に、俺の記憶でもあるんだよ。俺の宿った掛け軸が持ち去られるまでのな」

「まさか。ではあの龍は……！」

「だから俺は、君がかつて友と呼び決別した男を知っている」

銀市の顔色が変わる。

珠もまた、豊房の言葉をにわかに信じられない気持ちで受け止めた。

彼が示す人物に珠は一人心当たりがある。

豊房は、炯々としたまなざしで銀市達を見据えた。

「誓って、これから起きるのは、かつて実際にあったことだ」

厳かな宣誓に、銀市は豊房を追及しようと口を開く。

が、その前に銀市はなにかに気づいたように窓のほうを見た。

「外から誰かがくる」

銀市は逡巡したものの、豊房の真横を通り過ぎると、部屋の障子窓を開けて外に出た。

珠も急いで続く。

地面はうっすらと雪で白くなっていた。

気が引けたが、珠が足袋のまま雪を踏んで追いかけると、庭に出てすぐの所で銀市が立ち尽くしていた。

驚愕(きょうがく)する銀市が見つめる先には、複数人の影があった。

雪化粧をした地面を黒く踏み荒らす彼らの顔は、黒く影のようにのっぺりとしていて判別できない。

しかしその服装は珠が龍を捜す途中でぶつかった、拝み屋達のものだった。

『火付けまでしたのだ、これで成功しなければあとがないぞ!』

『だがそのお陰で、銀龍は町の火事にかかりきりなはずだ。やるなら今しかない』

『銀龍の部屋はどこだ。本性を映した絵があれば、銀龍も封じられるぞ!』

『おお、そうだ。俺達はあの人の振りをした化け物から人を守るのだ!』

互いに鼓舞する拝み屋達は、銀市達が見えていないように脇をすり抜けていく。

実際、見えていないのだろう。彼らは過去の記憶にしかいない存在だ。

彼らの記憶にない珠達は、彼らにとってあるはずのないものなのだ。

銀市に追いついた珠は、拝み屋達の暴挙を見ているしかない。

拝み屋達が障子戸を乱暴に打ち壊し、内部へ侵入しようとしたとき、拝み屋達の背後に背の高い人影が現れる。

すらりとした体軀に洋装を纏っており、金色の髪には上品に帽子を被っていた。

『あなた達が来ると思っていましたよ』

銀市の顔色が変わった。

珠も声によく覚えがあった。

『私はあなた達のような人種をよく知っています。己の無知蒙昧さを他者のせいにして、勝手な憎悪を抱く。そのくせ恩恵には与ろうとこびへつらう』

『なんだと!!』

『しまいには今のように狡猾で卑劣な手段を使って、最悪の形で足を引っ張るんです。時代すら読めない幼稚な愚か者』

軽蔑もあらわに拝み屋達をあざ笑うのは、アダムだった。

彼もまた、過去の記憶の人物なのだろう。アダムの位置から銀市と珠が見えているだろうに、彼は一切反応を示さない。

拝み屋達はアダムを見るなり怒りと憎しみのまま襲いかかった。

『殺された同胞達の恨みを思い知れ、化け物!』

アダムは笑みを消して迎え撃つ。

死にものぐるいの拝み屋達にアダムは押され気味だった。

そのとき、部屋に侵入していた男が障子窓から身を乗り出し、巻かれた掛け軸を掲げる。

『掛け軸を見つけた！　もう用はない！』

とたん無事な拝み屋達は、なにかの札を破り家へと投げ込んだ。

札がひらりと床に触れたとたん、ぼっと炎が激しく燃え上がる。

火は通常ではあり得ない速度で床や柱を伝うと、たちまち全体を呑み込んでいく。

『この状況を見れば、誰だって貴様を疑うだろう！　下劣と蔑んだ人間にやり込められる気分はどうだ！　化け物など、誰も信じるわけがない！』

拝み屋の哄笑が耳をつんざく。

夜空を赤々と照らす炎に、アダムはまるで目を奪われたかのように硬直した。

その横顔にはありありと恐怖と動揺がある。

アダムの異様な様子に珠は圧倒されかけたが、燃える家の中にまだ豊房が居ることに思い至った。

「豊房さんっ！」

せめて豊房の安否を確認するために走って行こうとした珠は、銀市に肩を摑まれ押しとどめられた。

どうしてと珠が振り仰ごうとすると、銀市の手で視界を覆われた。

「見るな」

そのとき、野太い悲鳴が響いた。

続いて激しく燃える音が続き、悲鳴がどんどん小さくなっていく。

血と、なにかが焼ける臭いがした。それは理不尽な暴力の気配だ。

珠は見えずとも、起きていることを悟って身がすくんだ。

大人しくされるがままになっていると、頭上から銀市の押し殺した声が聞こえた。

「この、あと。俺が駆けつけた」

銀市の手が外されたとき、倒れ伏しているはずの拝み屋達は不思議と居なかった。

ただ白い地面にくっきりと、土が露出した部分が残っている。

炎に照らされていたのは、人とも人に非ざる者ともつかないなにかだった。

両手は猛獣のように毛深く、その顔には黄金色をした猛禽の羽毛が生えている。

それでいて、まだ人の姿を保っていた。

彼が身に纏うのは、アダムが着ていたジャケットだ。

つまり、目の前に居るのは、本性のアダムなのだ。

凄惨な有様も、アダムが変貌する様も、銀市はすべてを見ていただろう。

変わり果てたアダムを凝視して、彼は呻くように言った。

「町の火事が陽動だと気がついた俺が駆けつけたときには、この状況そのままだった。拝み屋達はおらず、アダムの姿だけがあった。裏切るとどうしても思えなくても、町も家も燃えていて、あいつが火付けをしたと疑うしかない状況だった。それでも俺は『なぜだ』と聞いたんだ」

するると、銀市の問いに呼応するように、過去のアダムが答えた。

『人でもなく、化け物でもないものが、誰かと幸福になることなどあり得ませんよ』

珠は息を呑むしかない。

まるでこの世界の銀市の言葉を聞いているようだった。

過去のアダムの姿が再び変貌する。

人の輪郭が弛み膨張すると、猛禽の上半身と翼に、獅子の下肢を持った、珠が見たこともない異形がそこに居た。

異形がその存在を知らしめるかのように咆哮すると、異形の周囲に炎が広がる。

ごうごうと燃えさかる炎と共に響く世にも恐ろしい怪物めいた咆哮でも、珠にはなぜか悲痛に聞こえた。

傍らに居る銀市を見上げると、彼もまた動揺している。

「だから、俺はすべてアダムがやったと考えるしかなかった。――やつを信じることができなかった」

銀市がこぼした声は、血反吐を吐いたような苦しみを感じさせた。

珠でもわかる。これは、違う。

アダムのやりようは陰惨だったかもしれないが、むしろ銀市を陥れようとした男達を阻もうとしていた。

火を付けたのは、拝み屋達だった。

銀市は悔しいとも悲しいともつかない表情で、アダムを睨む。

そのとき、ずっと視線が交わらなかったはずの異形が、はじめて銀市を目に映した。

とたん異形の姿は蜃気楼のように揺らぎ、再び形を得たときには、この世界で暴威を振るっていた金の龍になっていた。

珠は異形が金の龍に変化した光景で、様々なことが腑に落ちた。

この世界で、金の龍は、銀市の後悔と葛藤の象徴だ。

彼が人であることを証明するために、殺さなくてはならない、逃がしてはいけない存在だった。だから金の龍は、銀市が考える荒ぶる龍そのままに各所で暴威を振るっていたのだろう。

アダムと銀市は同じ半妖だった。そんなアダムが己を否定する言葉は、銀市にとっては自分の心を言い当てられたようなものだったはずだ。

自分が人として生きるために、否定しなければならない存在。それがアダムだった。

そして銀市の心が反映される掛け軸の中で、彼の複雑な思いが混ざり合った結果、金の龍として現れた。

ならば、金の龍は——……

珠が答えにたどり着こうとしたとき、龍がゆっくりと鎌首をもたげる。

炯々と紫の瞳を光らせ、銀市に対して牙をむき出しにした。

金の龍の感情に合わせてか、家を呑み込む火の勢いが増しているようだ。

銀市はとっさに身構える。

珠は彼の横顔に大きな葛藤と恐れ、そして苦しみがあるのを見て取った。

おそらく、銀市は龍の正体をわかっている。それでも龍に対しどうすべきか逡巡しているのだ。

ならば今、珠にできることがある。

珠は今にも敵対しようとする銀市の前に進み出た。

銀市は一瞬驚いたが、龍から目を離さないまま、珠に言う。

「珠、あれは……」

銀市の言葉は明らかに珠を制するものだった。

けれど、珠は銀市の声を無視して、龍に呼びかける。

「あなたは、龍の銀市さんですよね」

今にも銀市に襲いかかろうと、身をたわめていた龍が明らかに動揺した。

その前足に珠が結びつけた手ぬぐいがあるのに気づいて、珠は頬が緩んだ。

「はじめて会ったとき、混乱する民衆から守ってくださろうとしましたね。私が落ち込んだときも慰めてくださいました。あなたと居るとまるで銀古に居るときのように安心しました。それは、全部銀市さんだったからです」

珠は話しかけながら、雪の降り積もる地面から、水と泥の中に踏み出した。

足袋がぐちゃりと泥で黒ずむ。

龍に近づくごとに、身を切るようだった冷たい空気は、熱気をはらみ珠の肌を炙(あぶ)る。

それでも珠は足を止めなかった。

金の龍は答えない代わりに、周囲にいくつもの火の玉を生じさせた。

触れれば珠は焼けてしまうだろう。

拒絶とも称して良い行動だ。

しかし珠は金の龍自身が逃げていかないことで、さらに確信を持つ。

この龍は、銀市が化け物である自分を忌避した姿なのだ。

紫の瞳や鱗(うろこ)の金色は、おそらくアダムの色彩を映したもの。

「人でもなく化け物でもない者は幸せになれない」と語った彼の言葉が、龍の自分を否定する象徴だったからだ。

自分は化け物だ、と諦めた姿がこの龍だった。

掛け軸の絵が消えていたのは、銀市が龍の自分を否定し続けていたせいだ。

龍はあってはならない、と。

だから珠は、己を阻もうとする火の玉の間へ飛び込んだ。

火が珠の四肢にぢり、と触れる。

龍の銀市が人とは異なっていても驚愕を浮かべ、体をびくつかせたのが見えた。

意外にも、肌を舐めた焔は熱くなかった。

これなら大丈夫か、と思った珠は、急に膝の力が抜けた。

なんとか踏み留まったが、次いでぐわんと目の前がゆがむようなめまいを覚える。

視界の端で花弁が落ちて消えるのが見えて、牡丹の花が痛みを肩代わりしてくれているだけだと珠は悟った。牡丹がものすごい勢いで散っていくのは、珠の命が脅かされている証しだ。

それでも珠は止まることはなかった。

「珠……」

銀市が呼ぶ声が聞こえた。

意識がもうろうとしながらも、珠は反射的に答えた。

「大丈夫です」

どちらに対しての返事かは珠もわからなかった。

以前珠は、豊房に聞かれた。

『なあ、君は銀市にとってどうありたい？』
今の珠はもう答えられる。
銀市が苦しむときに、なにもできずともせめて側に居られる人でありたい。
どれだけ銀市が己の本性を疎んでいようと、珠は彼を化け物だと呼ばせたくない。
人でも、龍でも、銀市なのだと、いつだって答える。
だから、珠は言わなければならない。
珠は硬直したまま動こうとしない金の龍に向けて微笑んだ。
「大、丈夫です、銀市さん。私は……怖く、ありません」
声を出すのもつらい。
また炎が肌を焼き、花弁が散る。
人の銀市も、龍の銀市も両方いなければいけないから。
彼となら、きっとよい解決方法を見つけられる。
もう銀市は珠を傷つけることを恐れなくて良いのだ。
そう思うのに、あと一歩のところで、珠の足がもつれた。
髪から滑り落ちた牡丹の花弁は、もう残り一枚だった。
珠は花弁が散りきってしまうことよりも、龍に手が届かなかったことが悲しかった。
意識が遠のきかけたとき、水の気配に包まれる。

泥に落ちる寸前で牡丹は骨張った手に掬われ、地面に叩きつけられるはずだった珠の体も力強い腕に支えられた。

ほんのりと体が楽になった珠は、ふわりと揺れる銀の髪ではっと振り仰ぐ。

珠の肩を抱く銀市は、まだ表情が硬いながらも、珠に向けるまなざしは優しいものだ。

「君が、受け入れるというのなら。俺自身も自分と向き合おう」

珠の心は華やいだ。

この嬉しさを、温かさを、龍の銀市にも届けたい。

銀市に支えられながら、珠は龍と対峙する。

この距離にまでくれば、よくわかる。

龍は受け入れられないと諦め、誰かを傷つけることに怯えている。

珠はゆっくりと龍の顔に両手を伸ばして触れた。

すぐに銀市も龍の額に手を置く。彼の触れ方は少しぎこちなかったが、それでも優しさを感じて珠は嬉しくなる。

珠は龍の顔に頬を寄せて、龍に希った。

「一緒に、帰りましょう」

呼びかけられた龍は紫の目を閉じる。

珠の腕に抱かれた顔から、安心したように力が抜けた。

そのとたん、龍が光の粒子に包まれた。

銀色をした燐光(りんこう)はまばゆく膨張し、ぱっと花火のように儚(はかな)く散ると、傍らに居た銀市を包み込む。

光は銀市の中に収束すると、彼の髪をささやかに巻き上げたのを最後に収まった。

炎も龍と同じように光の粒子となり消えていた。

珠は蛍の燐光のようなその光景に見とれていると、自分の手の中になにかがあることに気づく。

両手を広げてみると、半分に切られた写真があった。写っているのはアダムのようだ。

これはなんなのだろうと思ったが、珠は全身にどっと疲労を覚えた。

とても立っていられず頽(くずお)れかけたところを、銀市に抱え直される。

「大丈夫か」

「なんとか……銀市さんこそ、お加減に変化はありませんか」

珠が聞き返すと、銀市は眉尻を下げた。

「困ったことに、俺のほうは空いていた虚(うろ)を埋められたような感触で、決まり悪いほどしっくりくる」

銀市は複雑そうではあったが、悪い部分はない様子で珠はほっとした。

すると周囲の風景がまるで水の滴を通して見ているかのようにぼやけて、炎と同じように光の粒子となってほどけていく。

現実ではあり得ない光景だ。

珠は不安になったが、体を支える銀市の手は力強かった。

「俺が出ようとしているだけだ。安心しなさい」

心強い言葉に安堵した珠は、銀市の袖を握りながらも豊房の家を見つめた。

珠の体感でも少なくない時間を過ごした家だ。

不安でいっぱいだったこともあるけれど、愛着も、思い出もある。それが消えていくのは寂しく感じた。

「珠ちゃん、寂しがってくれるのかい？」

ふっと声が聞こえて、珠は驚いて隣を見る。

家に居たはずの豊房が立っていた。

「豊房……」

銀市に複雑な表情で呼ばれた豊房は、なぜか嬉しそうにする。

「まだそう呼んでくれるのかい」

「たとえ亡霊だとしても、君は豊房だったさ」

豊房は照れくさそうに笑う。

銀市は徐々にほどけていく世界を気にしながらも、さらに訊ねた。

「今の記憶はなんだ」

「俺が掛け軸の中から見た光景さ。あのあと掛け軸は逃げ出した拝み屋の野郎に持ち去られた。が、なぜかアダムが取り返したのさ」

「……」

黙り込む銀市に、豊房はなにも言わない。

それ以上語るつもりもないのだろう。

「俺が知ってんのは、ここまでだ。あとは、向こうで突き止めると良いぜ」

そう言った豊房の体も徐々に光の粒子に変わり、輪郭がぼやけていく。

珠はこれで豊房とお別れなのだと気づいた。

「豊房さん、お世話になりました！」

精一杯の気持ちを込めた珠の感謝に、豊房は破顔する。

「次会えるのなら、君達二人を描いてやるよ！」

亡霊の彼は、次なんてあり得ないとわかっていただろう。

だが豊房は最後まで明るく手を振って消えていった。

満足げな表情に、珠は良かったと思いながらも、引き絞られるような切なさが胸に押し寄せてくる。心というのは複雑だ。嬉しい気持ちと寂しい気持ちが同時に溢れてくるのだから。

きっと珠はこれからも、どんどん名前の付けられない想(おも)いを経験していくのだろうと、そう思った。

そんな珠の手元に、花弁が最後の一枚になった牡丹が差し出された。

珠に牡丹を渡した銀市は、優しく目を細めた。

「迎えに来てくれてありがとう」

「お正月を、一緒に迎える、約束ですから」

助けに来ることが、銀市にとって本意ではなかったかもしれないとわかっていた。

だから感謝をしてくれるのかと珠は嬉しく思ったのだが、銀市は申し訳なさそうに目を伏せた。

「すまなかった」

それは、なにに対しての謝罪なのか。珠はわからなかったけれど。

銀市も思い悩んでくれていた、それでもう充分な気がした。

珠はもうしゃべることがおっくうだったが、気にしなくて良いという思いを込めて、緩く首を横に振る。

銀市はわかってくれたようで、慈しみの籠もったまなざしで頷(うなず)いてくれた。

「では帰ろうか」

彼の声と共に強まった光の眩(まぶ)しさに、珠は目を閉じた。

ただ、体を包む温もりと、側にある水の気配で、怖くはなかった。

＊

珠がまず感じたのは、体の重さだった。

まるで全身が泥に浸かっているように重い。

あれから、どうなったのだろう。

まだ戻ってこられていないのだろうか。最後の花弁が散ってしまったのだろうか。

際限のない不安が押し寄せてくる。

けれど。

「珠」

優しい呼びかけが、珠の耳に滑り込んでくる。

精一杯力を入れて、まぶたを上げると、そこは細いしめ縄と薄布が張り巡らされた祭壇のような場所だった。灯佳の社の内部だ。

珠は柔らかい敷布の上に寝かされていた。

なにより、珠を見下ろすのは、銀市だった。

肩からこぼれる癖のある髪は黒い。けれど優しく細められている瞳は微かに金に染まっている。

変わらないようで、決定的な違い。

「ぁ……」

体の奥からこみ上げる歓喜のまま声を発しようとしたが、こぼれたのは吐息だけだった。

まるで体が声の出し方を忘れてしまったようだ。

息を吸うことさえ今は苦しかったが、それでもこの喜びを、安堵を伝えたかった。

だから、珠はぎこちなくとも銀市に精一杯笑ってみせた。

「おかえり、なさい。銀市さん」

珠が話すのを止めようとしていた銀市は、ゆっくりと瞬(まばた)くと、笑い返してくれた。

「ああ、ただいま」

その笑みは照れくさそうで、確かに喜びがにじんでいたのだ。

終章　乙女と龍の春隣

珠が目覚めたときには、現実の世界では一週間が経過していた。

掛け軸の中で一ヶ月以上過ごしたと感じていたから、珠は思った以上に短くて狐につままれた気分になった。

のだが、現実世界で珠を待っていた面々はそうではなかったようだ。

号泣する貴姫は珠から離れようとせず、瑠璃子は目覚めるのが遅かった珠を怒った。説教をする瑠璃子は今までになく激しかったが、珠は顔を背けた瑠璃子の目尻に涙がにじんでいたのを見た。

とても心配をかけてしまったのを自覚して、珠は申し訳なく思うと同時に改めて帰ってこられて良かったと胸をなで下ろした。

ただ、珠も無事というわけではなく、体力が著しく落ちていた。

灯佳の術で保護されていても、体から魂が抜けるということは、とてつもなく負担がかかる行為なのだという。

それを身をもって実感した。

目覚めてすぐの頃は自分の体とは思えないほど重く、身を起こすことすらままならなかった。日の大半をうとうとと眠って過ごし、ようやく起き上がったのは二日後のことだ。珠は村の祭りで舞を舞ったときの疲労感を、何倍も強くしたようだったな、と密かに思ったほどだ。

「もう少し遅ければ、そなたは戻ってこられたか怪しいのだ。まあ、それにしては回復が速くはあるが……もうしばらくは社で療養せよ」

『そうじゃぞ珠、ゆっくりせい』

診察に来た灯佳が言うのに、起きてからはずっと珠の側に居る貴姫が同意する。

布団から身を起こした珠は、大人しく頷きつつもおずおずと問いかけた。

「あの、銀市さんはいかがですか」

銀市とは目覚めたとき以降会っていなかった。

不安がにじむ珠の問いに対し、灯佳は言いよどむ。

「それは……」

真っ白いまつげを伏せ、憂いと懸念をありありと感じさせる表情に、珠は嫌な予感がふくれあがった。

「銀市さんになにかっ」

「あやつは………………呆れるほど元気だ」

たっぷりと間を置いた末の回答に、珠はぽかんとした。

一気に緊迫した空気を霧散させた灯佳は、呆れもあらわに膝へほおづえを突いた。

「銀市はそなたよりは体の負担は軽微なのだ。噂の影響については、そなたが目覚めるまで、あやつがそなたを襲わなかった時点でわしとしては解放よ。そなたが顔を見ておらんのは、純粋に見舞いに来ておったときに起きておらんかったからだの」

『そうであった！　ヌシ様から伝言を受け取っていたのであった』

貴姫にもそう言われて、珠は目をぱちぱちと瞬くしかなかった。

灯佳がにんまりと楽しげにしているのに、こういった状況を表現する言葉を思いつく。

「えっと、つまり、灯佳様は私を、からかわれたのでしょうか？」

「その通りだ。なかなかの反応だったぞ」

「それは、ありがとう、ございます？」

どう答えて良いかわからず、珠が気の抜けた返事をすると、灯佳は立ち上がった。

「まあ、しばらく社で過ごせ。そなたに必要なのは魂が体となじむまでの休息だ。神に仕える場ゆえ、年末年始がそれなりにせわしないのは許してほしいが、おせち料理は期待して良いぞ」

にっと笑う灯佳に、珠は寂しくなるのを感じる。

体が本調子でないのは、自覚している。

でも、それでも……諦められない自分がいた。

「あの、そのことなのですが、正月前に銀古に戻ることは可能でしょうか」

珠が意を決して灯佳を引き留めると、予想をしていたように足を止めた灯佳は呆れた顔で腰に手を当てた。

「まったく、そなたも銀市と同じか」

「え」

その口ぶりだと、銀市も銀古に戻りたいと言ったようではないか。

目を丸くする珠に、灯佳は肩をすくめてみせる。

「あやつは呪の影響は収まったが、腹の傷はようやくふさがったという程度だ。本来なら療養すべき状態にもかかわらず、銀古に戻ると言って聞かなかったのだよ。正月に間に合わずとも、そなたが無事に店へ帰れる環境を整えたい、とな」

灯佳のからから視線も気にならなかった。

珠は体が軽くなるようなふわふわした心地を覚える。

じんわりと熱くなる頰が恥ずかしくて、たまらず手で隠した。

「今無理をしても良いことはないのだからな。そなたもわかっておらぬとは言わせぬぞ」

珠の膝の上にいる貴姫が、灯佳の言葉に同意して首をぶんぶんと縦に振る。

それを見てしまっては、頷くしかない。

消沈する珠の姿に灯佳は深いため息を吐く。

「自力で歩けるようになったら好きにせい」

それが灯佳の許可なのだと、珠は一拍遅れて気がついた。

感謝を込めて見上げると、灯佳に軽く手を振られたのだった。

*

元日の朝、夜明け前に珠は銀古の台所に居た。

銀古に帰ってこられたのは、結局大晦日だった。

残念ながらおせち料理は作れなかったが、それでも正月のこの日を銀古で迎えられて嬉しい。

花菱柄の普段着姿の珠は、マッチを擦って焚き付けに火を移し、かまどに火を入れた。

本当は元日に包丁や火を使ってはいけないのだが、どうしても元日の正月料理の準備をしたかったのだ。

「お餅は天狗さん達が置いていってくださいましたし、納屋に食材もたくさんありました。お雑煮となます、叩きごぼうは作れますね。あと錦玉子は絶対作りましょう」

昨日帰宅の道すがら、卵だけは買っておいたのだ。

買ってきた籠いっぱいの卵を振り返り、珠は気合いを入れる。

錦玉子は、ゆでた卵を白身と黄身に分け、それぞれを裏ごしして味付けし、きれいに二層になるよう型に入れて整形した卵料理だ。

お祝いの席にも喜ばれる色鮮やかな一品である。

きっと銀市も好きなはずだ。

銀市が喜ぶ姿を想像するだけで、少しの倦怠(けんたい)感は吹き飛ぶ。

火が大きくならず珠が困っていると、かすかな足音と共に背後に温かさを覚える。

振り返ると鶏冠が燃えている鶏、ヒザマがいた。ヒザマがかまどに向けて火を吐くと、あっという間に赤々とした炎になる。

珠は礼を言いつつ火の番をヒザマに任せて食材を取ってこようと、下駄(げた)を突っかけて勝手口から外に出た。

台所も充分寒かったが、それでも火をおこした分だけ暖かかったらしい。

一歩薄暗い外に出ると、寒風が珠の体を通り過ぎる。

指先に息を吹きかけると、吐く息が白くなった。

その白い息の向こうに、人がいることに気づいて珠は立ち尽くした。

からり、からりと下駄を鳴らしながら歩いてくるのは、銀市だった。

張りのある緋色(ひいろ)の紬(つむぎ)に、久々に見たマントを羽織っている。マントの裾からは、温かみのある暗い黄の櫨染色の羽織が見えて、中に重ねているのがわかる。

首には襟巻きまで巻いており、足元は暖かそうな別珍の足袋に下駄履きで、かなりの重装備だ。

長い間外に居たのか、銀市の頬や鼻は赤くなっている。

こんな朝早くに会うとは思わず、珠はぽかんと立ち尽くす。

驚いたのは銀市も一緒だったらしい。

珠の姿を見て取ると、早足で近づいてきた。

「まだ万全ではないのだから寝ているものと思っていたんだが。仕事をしているのか」

心配そうにしつつ、銀市は自分の襟巻きを外すと、珠の首に巻いてくれる。

温もりが残った襟巻きが少し気恥ずかしくて、けれど銀市の気遣いが温かかった。

「銀市さんとお正月を迎えられるのが嬉しくて、せめてお雑煮や錦玉子を作ろうと思ったんです。銀市さんはなぜ？」

珠が問い返すと、銀市は持っていたものを示した。

彼が持っていたのは水桶だ。中には並々と水が入っている。

「若水を汲みに行ってきたんだ。雑煮を作るのなら良ければ使ってくれないか」

若水とは元日の早朝、最初に汲む水のことだ。

恵方にある井戸や小川、湧き水から汲む、道中もし人に会っても口をきかないなど、地域によってしきたりに差異はある。

それでも、お正月に飲むと一年の邪気を払ってくれるという話は共通だった。

「わかりました。年神様にお供えしたあと、大福茶も淹れましょう。朝早くからありがとうございます」

珠がお礼を言うと、銀市は少し目元を緩めた。

「俺も、君と同じで、銀古で正月を迎えられて嬉しかったんだ。だから早くに起きてしまったのだよ」

珠は自分の体温が少し上がった気がした。

銀市も珠と同じように嬉しく思ってくれているのだ。こうして共に銀古に居ることを。

珠の表情は自然と笑む。

銀市が眩しげに目を細めた。

その顔が橙の朝日に照らされる。

珠が東を向くと、日が昇ってきていた。初日の出だ。

一時期はどれだけ自分を励ましても、こんな穏やかな気持ちで正月を迎えるのは無理だと思っていた。

けれど、今銀市と共に朝日を浴びている。

同じように日の出を見ていた銀市もこちらを向いた。

朝日に照らされて所々銀色に見える髪のまま、彼はゆるりと笑んだ。

「あけましておめでとう」

「あけまして、おめでとうございます」

今日だけの特別な挨拶を交わせる。

それがどれほど得がたく尊いことか、珠は強く実感した。


日が完全に昇った頃、特別な日用の座卓には珠が作った雑煮と錦玉子、なますなどの他に、鯛の姿焼きや煮豆や田作りなどが並んでいた。

鯛は灯佳が持たせてくれたもので、煮豆や田作りは御堂の遣いが持ってきてくれたものだった。

さらに居間には、天狗達が搗いてくれた鏡餅と、狂骨が活けた松と南天が飾られている。より一層華やかに正月らしい設えとなっていた。

銀古に住まう妖怪達がすべて揃ったところで、上座に座った銀市は、改まった態度で彼らを見回した。

「改めて、今回の件は皆に多大な苦労をかけた。いずれなにかしらの報奨を用意する」

「ほんとよ！　あたくし達がいたから、銀古は無事なんだからね。たっぷり貰わないと割に合わないわ」

洋装でも改まった雰囲気のワンピース姿をした瑠璃子は、ツンとした態度で言い返す。

瑠璃子は一足先に銀古に戻ってきた銀市と「やりあった」らしい。

珠は伝聞でしか知らないのだが、なんと瑠璃子は銀市を見るなり、顔を拳で殴りつけたのだという。

『銀市さんは勝手を押しつけたんだから、あたくしの不満を聞く義務があるわ！』

そこからは瑠璃子の独擅場で、今までの不満や小言にいたるまで蕩々とまくし立てたらしい。銀市も甘んじて瑠璃子の「業務改善要求」を、最後まで聞いていたという。

当時のことを臨場感たっぷりに話してくれた狂骨は「良いお灸じゃないかい？」とにっこり笑った。

そこで珠は、終始穏やかだった狂骨もまた、思うところがないわけではなかったのだと知ったものだ。

ともあれ、瑠璃子は銀市へ存分に文句を言い尽くしたのか、珠が帰ったときには概ね普段通りの態度に戻っていた。

今のように時折不満を語りはするが、恨みなどは籠もっておらずさっぱりしたものだ。

銀市もそれは感じているのだろう、素直に頭を下げながらも気楽に応じた。

「もちろんそのつもりだが、お前はそもそもが働きにムラがあったんだ。今でちょうど採算が合ったんじゃないか？」

「そ、それはそれ。これはこれよ！」

少しばかり焦る瑠璃子を言いくるめた銀市は、改めて表情を引き締める。

「未だ銀古は難しい立場にある。だが俺は、それでも新たな年をこの場で迎えられることを、喜ばしく思う。以上で新年の挨拶とさせてもらう」

銀市は、銀古に戻ってきたことを前向きに捉えてくれている。

瑠璃子も、狂骨も、妖怪達も、もちろん珠も背筋が伸びた。

「では、まずは屠蘇をいただこうか」

屠蘇は、みりんに山椒や肉桂、陳皮、桔梗などを配合した香蘇散をつけ込んだ縁起物の薬酒のことだ。

延命長寿を願って、家内の若い者から順にいただく。

一番若い珠から順に屠蘇を飲み、銀市の音頭で食事がはじまった。

「くっ、あの狐、良い鯛をくれたじゃない……」

『瑠璃子ー、そこのお酒取って』

瑠璃子は少々悔しそうに鯛を突き、今日ばかりは家に上がってくれた狂骨も楽しげに酒をたしなんだ。

藍染めの陶火鉢は餅を焼くために五徳に網を渡して役目を果たしているし、屠蘇を飲んで目を回した天井下りは部屋の隅に垂れている。

家鳴り達はお年玉としてもらった金平糖を手に嬉しそうに駆け回っていた。

部屋の陰にいる魍魎達もどことなく浮かれているようだ。

そんな賑々しい正月の中心には、銀市が居る。そして、珠も。

「錦玉子は、いつもの卵焼きと食感が違っていてうまいな」

銀市がほのかに表情を緩めて、白と黄色の二層に分かれた卵を口に運ぶ。

この光景が見たかったのだ、となんだか珠は眩しくて目を細めた。


食事が終わると、瑠璃子は挨拶回りに軽やかに出て行った。

狂骨も酔いを醒ましてくると言ってここには居ないし、久々にはしゃいだ妖怪達も今は静かだ。

片付けを終えた珠は、こたつに入る銀市へ茶を持ってきた。

「ありがとう」

礼を言って受け取った銀市の側で、珠もこたつの中へ足を潜らせる。

まだ体力が戻っていないから、朝の支度だけでも少し体に重みを覚えた。

休憩しようという気持ちもあるが、本当は銀市の側に少しでも居たいからだ。

珠は自分の心の変化を自覚していた。

銀市と過ごす穏やかな時間も心地よい。けれど、珠はこの胸の高鳴りの正体も知りたい。

名前のわからないこの気持ちとも、少しずつ向き合いたいと思う。

「珠」

銀市に呼ばれて、珠は顔を上げた。

彼は居住まいを正してこちらを向いていて、大事な話だと悟る。

「君は俺と共に居たいと願ってくれた。俺もできる限り共に居られたらと思う。――だが、俺はまだ俺自身が君を傷つけないと信じられない」

ごまかしのない、銀市の本心だった。

まだ銀市の中には葛藤がある。

『――父は、贄を求める龍だった』

掛け軸の中で銀市が打ち明けてくれた業と呪縛は根深いようだ。

わかっていても切ない気持ちになるのを悟られないように、珠は膝の上で手を握る。

そんな珠の手に大きな手が重ねられた。

どきりと動揺して、銀市を見る。

銀市は、静かに珠を見据えていた。

「それでも、向き合ってみようと思う。君が信じてくれるかぎり」

珠は、銀市の決意に息を吞む。

「アダムはまだ逃亡中だ。俺がいなくなっていた間の混乱も収める必要がある。だが、身辺が落ち着いたら、向き合うためにしたいことがあるんだ。付き合ってくれないか」

向き合うために、なにをするのか。アダムについてどうするのか。

まだ懸念材料はたくさんある。

それでも珠に沸き上がってくるのは歓喜だった。

銀市はもう珠を遠ざけようとしない。

彼自身が幸福を考えていく中で、珠を側に置いてくれるのならば、これ以上嬉しいことはない。

珠はにじみかける涙を堪えて、銀市を見つめ返した。

「はい、お供いたします」

銀市の側に居られるのなら、なにも怖くない。

この想いが伝わるようにと願いながら、銀市の手にそっと指を絡めた。

この作品はフィクションです。
実在の人物や団体などとは関係ありません。

あとがき

はじめましての方ははじめまして。ですがきっと六度目ましての方が多いでしょうね。道草家守です。おまたせいたしました……！

あの終わり方で、やきもきさせてしまったことだろうと思います。私も早くお届けしなければっこのもだもだ自分が読者だったら泣いてるぞ!? とできるかぎり頑張りました。早めにお届けできなかった代わりに、銀市の過去編ともいうべきお話を思う存分詰められました。

銀市の過去は人では考えられないほど長い年月にわたっています。

その年月の中には、きっと塩対応の青い銀市もいたはず。記憶を失った彼なら珠をどうして好きなったか過程を話してくれる！

さらに銀市が若い中で出会い、救いになった人を、できるならば珠にも会わせてやりたい！ と、色々わくわく考えた結果、今回の物語となりました。

ようやくタイトルの「恋う」を回収できはじめて、とてもほっとしています。

次の七巻で、半妖編はひと区切りとなる予定です。銀市と珠の物語は続いてまいりますので、のんびりお付き合いくだされば幸いです。

実は龍に恋うのＴＶＣＭを作っていただきました！

ご担当いただいた声優さんがたには、私が想像していた珠と銀市の声そのままに再現していただいて「わ……すごい……」と語彙を失うしかありませんでした。

映像も美しく儚く印象的にしてくださっていて、貴重な経験をさせていただきました。

さて今回も謝辞を。

ゆきさめ先生!!　決意の珠を描いてくださってありがとうございました！　一巻から成長した彼女の美しさと強さを感じられて、大好きな表紙の一つになりました。

コミカライズのゆきじるし先生には毎回新たな珠と銀市と銀古の面々を描いていただきありがたいばかりです。

編集さんには相も変わらずお世話になりました。

素敵な表紙のデザインはもちろんのこと、制作、流通販売など、このご本に関わってくださったすべての方々に感謝を申し上げます。

なにより、五巻から待ち望んでくださった読者さんありがとうございます！

どうぞ七巻も楽しみにしていただけたら嬉しいです。

菊花の名残を愛でながら　道草家守

お便りはこちらまで

〒一〇二―八一七七
富士見L文庫編集部　気付
道草家守（様）宛
ゆきさめ（様）宛

富士見L文庫

龍に恋う　六
贄の乙女の幸福な身の上

道草家守

2024年２月15日　初版発行

発行者　山下直久
発　行　株式会社 KADOKAWA
〒102-8177　東京都千代田区富士見2-13-3
電話　0570-002-301（ナビダイヤル）

印刷所　株式会社暁印刷
製本所　本間製本株式会社
装丁者　西村弘美

定価はカバーに表示してあります。

◇◇◇

●お問い合わせ
https://www.kadokawa.co.jp/（「お問い合わせ」へお進みください）
※内容によっては、お答えできない場合があります。
※サポートは日本国内のみとさせていただきます。
※Japanese text only

ISBN 978-4-04-074705-7 C0193